なかむら
夕陽日報
'12.2.27
(月)
《母はナカナカやめない》
何してるんかな
・・・・
二人の仕事は
終わったん?
なら、私も
おわるわ!
呼びに
来たんかな?
くわと、
そのスコップを
持ってくわ!!
ムムムム・・・
いっつも、終わる
終わるって言って
やめんもんな。
「道具持ってく」ちゅう
一番いい手やな
アハハハ
そんなん
思てないよ
・・・・・
まだ
これがあったワ
フッフッフッ
♥夜、作ってもらった
アサリのトマトスープスパゲッティは、
おいしかったなあ・・・
まだコンロとレンジ等
二つのものを同時進行
させるのは難しいね。

なかむら
夕陽日報
'12.9.10
(月)

夏の庭は
パステルカラーのじゅうたんに。

＜自分たちで種を落として、毎年自分たちで咲いています。＞
＜えらいやつ　たちです。＞

トマト

夕陽日報（なかむら）

'13.1.2（水）

いいお天気
外仕事も
気持ち良し。
（俊郎足の使いすぎか
足がポンポンにむくむ。
休むようにしてもらう）

お獅子来る

一行は、お昼を公民館でとらせてもらいたいと言うので、
俊郎と潤は、お茶・テーブル・ストーブの用意に行く。
私は、朝、潤と下川原までウォーキングに行って、すっかりグロッキー。家で休む。
だから片づけも潤と。
（PM）3:00 家にも獅子が来た。
今年は天狗さんも踊りに入って、にぎやかだ。
ようく見ると、お獅子は首をひねって、空まであおいで、なかなかユーモラス!! に踊る。
とても暖かい昼下がり、
お獅子がくれた笑いの種が、松かざりの玄関から入ってくれたかな？

なかむら
夕陽日報

'13.1.11（金）☼

手と足

「これ」と目で語りて柚を渡す子よ
暗き戸口に生命（いのち）が灯（とも）る

日も落ちて、一段と寒くなった戸外へ出ていった。

待ちながら、今日一日の様子や表情が重なってくる。

どこを歩いているのだろうか……

どこで佇んでいるのだろうか……

戸口でかすかに音がした。

柚の実一ケだまって手渡されたとき、この小さな黄色い実が、大切な命のあかりのように、私の手の平に入った。

足先に初めてできたしもやけは
活動の証（あかし）　痛がゆい勲章

お風呂がすんで夕ごはんのとき、何の話がきっかけか、霜やけの指先を見せる。

西の納屋やガレージで作業を続けてできたのだろう。勲章だね。

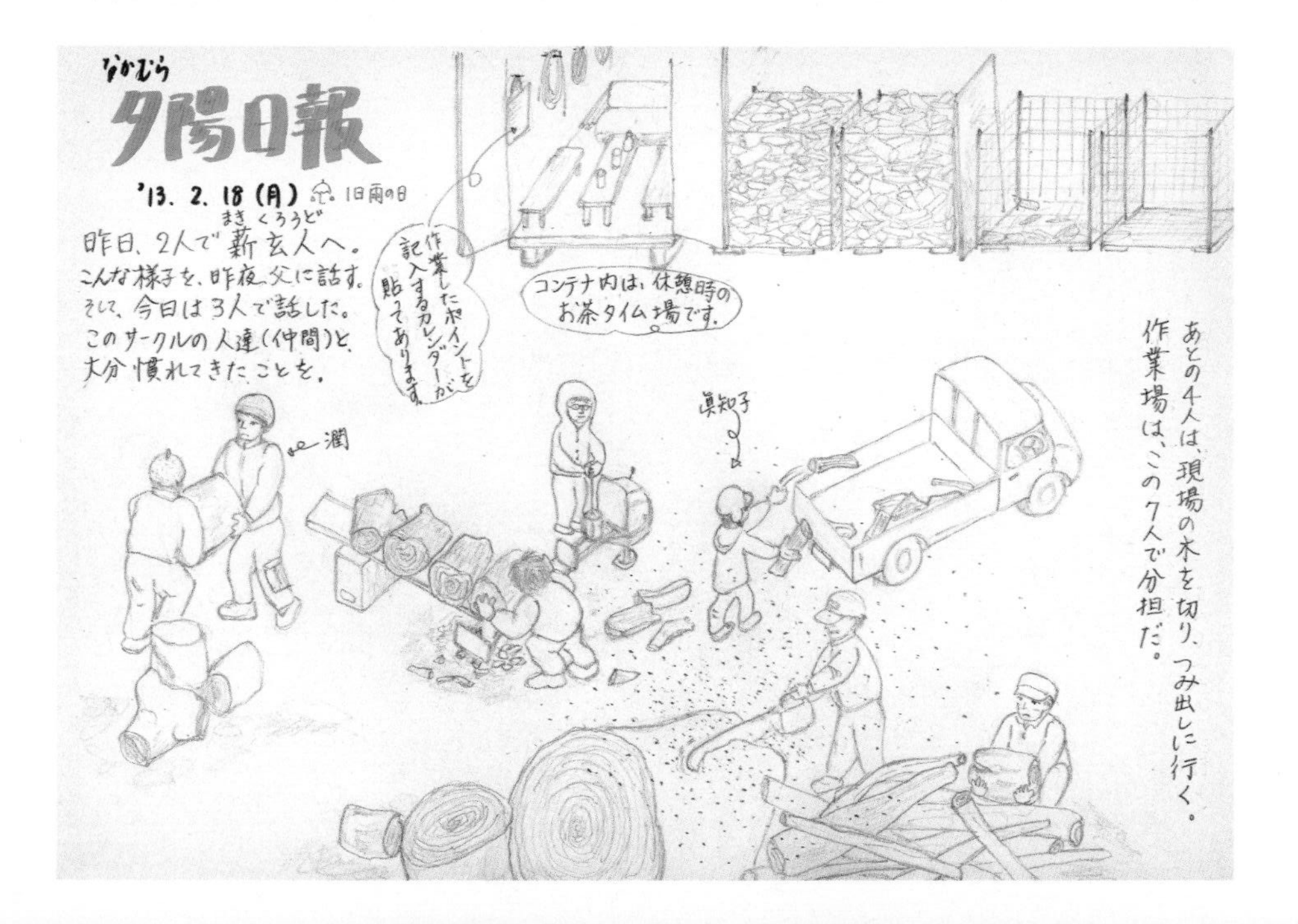
なかむら
夕陽日報
'13. 2. 18 (月) 1日雨の日
昨日、2人で薪玄人へ。
こんな様子を、昨夜、父に話す。
そして、今日は3人で話した。
このサークルの人達(仲間)と、
大分慣れてきたことを。
作業したポイントを記入するカレンダーが貼ってあります。
コンテナ内は、休憩時のお茶タイム場です。
潤
真知子
あとの4人は、現場の木を切り、つみ出しに行く。
作業場は、この7人で分担だ。

ながむら
夕陽日報
'13.2.26.（火）

AM 快晴
PM. やっぱり寒い
夕方～ 明日は 中仕事だ。

2:30～センターへ。
高速の中央分離帯の
サザンカは、まだ 咲いていた。
俊郎、何と数えていた。
「1500本以上だ!」

エンドウ と イチゴ。

左のエンドウは、主軸芽が折れて、脇から
出てきた 小ちゃな芽が 2つ あった苗。
右のエンドウは、お店で 理由を話し、
代りをいただいた苗。
かわいそうだから、ちっちゃな苗も
育てようと 相談した。
ずうーと、寒い日が続いていたが、
近頃、とても元気に育って
きた。

アンタさん達、
頑張るナアー

寒い日や夜はビニルをかけてやるのだ。

（私のプランター）

（潤のプランター）

プランター 2つ、家の軒下の座敷のエンガワの前に並んでいる。

なかむら
夕陽日報

'13.4.12
(金)

☁たり☀たり忙がしい

もう、クワで耕せる。
良かった。
夏野菜畑の準備を
していたら、ミミズが
いっぱい。
"まぶしい"とあわてて
土の中へもぐるけど、
"頭隠して何とやら"
だね。

とても繊細な
レースの生地に
ちょっとフリルをよせて…
そんなシャガの花。
色もすてきです。
竹林で潤が手折って
きてくれました。

病みし子が
したためし書の如く
『潤いある雨』
今日降らせしか？
と自問する。

なかむら

夕陽日報

'13.5.12（日）

満月は、片側で光る星達の存在を奪ってしまうけれど、
己れをぎりぎりにして輝いている欠けたる月は、星々をも輝かせていた。

〜時と場を違えて、3人共に今夜の月を見ていた。〜

一日月（ひとひづき）とでも呼ぼうか？　藍の空

余分なものは　皆捨てなさい

☼ 早くも夏日

センターの家族ミーティングとスマイルに3人で参加する。
スマイルの皆は、サツマイモを植えた。
いいね、秋が楽しみ。

なかむら 夕陽日報

'13.4.26（金）

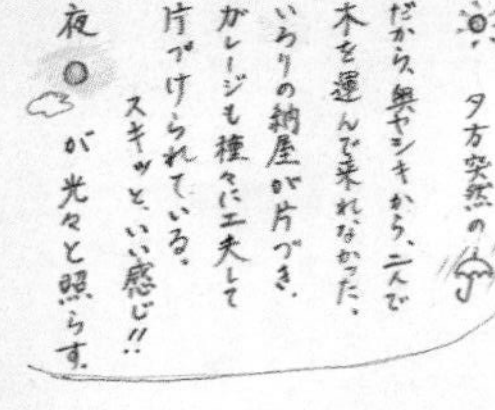

夕方突然の
だから、奥ヤシキから、二人で
木を運んで来れなかった。
いろりの納屋が片づき、
ガレージも種々に工夫して
片づけられている。
スキッと、いい感じ!!

夜 が光々と照らす。

伊賀から おみやげいっぱい乗せて

焼きたて色々ナッツ入りパン
かしわまんじゅう
バナナ
お赤飯
お稲荷さん
空色の新車で
伊賀肉
ゴボウ
レンコン
長いも
ネギ苗
ホットケーキ

母と姉が
訪ねてくれた。

麻加江からは・・・

お昼を一緒にいただいて、

きのうの午後、潤が掘ってきた竹のこを袋につめて

畑でエンドウ採って、（私はカリフラワーとレタスを採って）

畑の様子や西の納屋のいろりを見てもらい、

ガレージの2階のストーブ用の焚きつけ（細い木）が
いっぱい並んでいるのを見てもらい、

（俊郎は、火ばちや筆で書いた詩（？）を
見てもらったり、聞いてもらったりして）

そんな私達3人の生活そのものを、
肌で感じてもらうのを、母達の帰りの
おみやげに、してもらおう!!! と思った。

なかむら
夕陽日報

'13. 8. 7（水）

めちゃ熱の1日。これから2Wも続くとTVで言ってた。

いっぱいつめて

2日おくれと、1日おくれの

Happy Birthday

夕方、兄宅へ行ってきました。

4人でお迎えてくれました。

なかむら 夕陽日報

'13. 10. 29（火）

感動と驚き

さだまさし作（図書館で頼んでおいた小説）

『風に立つライオン』を読み終えたら

『ノンフィクション、生の小説が…『車前に立つシカ』というか、『雨に立つシカ』だ!!

昨夜、「クローズアップ現代」を見た。東北の秋田県の取り組み、ひきこもりの人を外へ、という番組で、潤も最後まで見ていた。居場所として、仕事を求めている、という内容だった。そんな人もいるし、仕事の他の居場所を求めている人もいるだろう。今は違っても、時が経てば、変わるかもしれない。だから「ダイジョウブ」今、自分が一番いいことをし続けていったら、きっといい方向へ行くさ。とにかく今をしっかり生きようか、三人共に。


『将来を憂いても、それが何になる。未来を作るのは、今なんだ。

だから目の前のチャンスは逃さない！

というか、チャンスだと見ていくんだ!!!』

～ミセス ダイジョウブより～


やっと、晴れたというのにネ。

畑のサツマイモは、大丈夫かなあ。

今日のセンターへは私が行く。案内の人の親切で、見たかったのは、終わっていたけど、11/21（木）のチラシをいただいた。こちらの方が行きたいな。尋ねてみて、良かったなあ。


～ああ、驚いた～

（フレンズの帰りに）

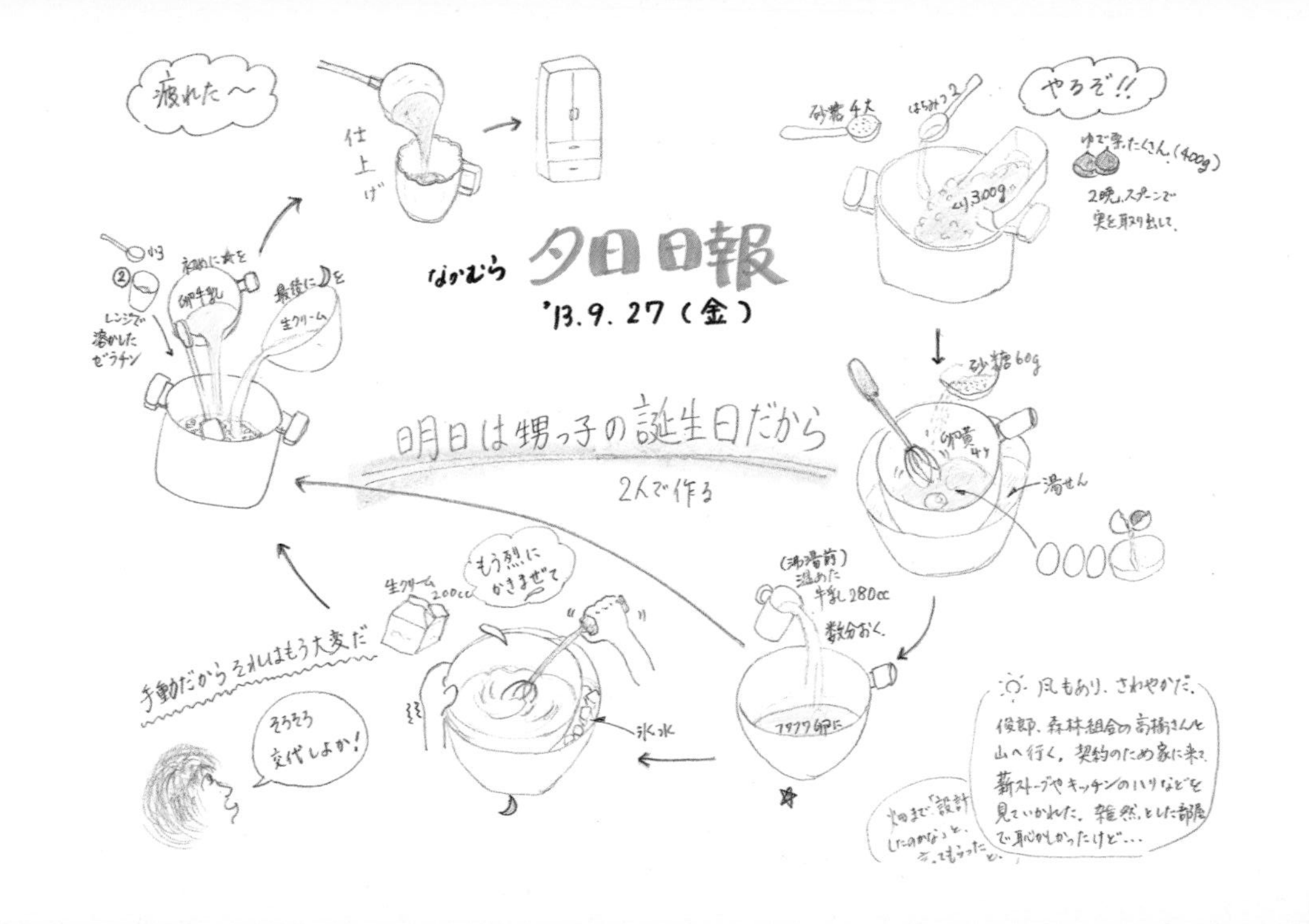
なかむら 夕日日報
'13.9.27（金）
やるぞ!!
砂糖4大
はちみつ2
ゆで栗たくさん（400g）
2晩、スプーンで
実を取り出して。
約300g
砂糖60g
卵黄4ヶ
湯せん
（沸騰前）
温めた
牛乳280cc
数分おく。
ブクブク卵に
生クリーム
200cc
もう烈に
かきまぜて
氷水
手動だからそれはもう大変だ
そろそろ
交代しよか!
初めに★を
卵牛乳
②
レンジで
溶かした
ゼラチン
最後に☽を
生クリーム
仕上げ
疲れた～
明日は甥っ子の誕生日だから
2人で作る
風もあり、さわやかだ。
俊郎、森林組合の高橋さんと
山へ行く。契約のため家に来て、
薪ストーブやキッチンのハリなどを
見ていかれた。雑然とした部屋
で恥ずかしかったけど…
畑まで「設計
したのかな」と、
言ってもらった

ほかむら

夕陽日報

'13.9.28（土）

誕生日のお祝いに3人で訪ねた。
もちろん、8ケ入りのマロンババロアを持って。
朝からぴったり入るお手製の箱を潤が作った。出がけにカードも書いた。
生栗と柿と、朝どりの野菜も持って。

リボンをほどいて箱を開けた■が、
「プリン?」と尋ねた。「マロンババロア」と答えた。
栗と生クリームがとけ合って、プリン色してる。
それから、兄ちゃんには生の栗を渡した。
ちょっと笑ってこう言って…

これでマロンババロア作って!

兄ちゃんが、すかさずこう答えた。

味だけで作るのは、至難の技やなあ。

皆が笑った。ツッコミと、それをいなす
二人の楽しい会話に。

午前中は、兄ちゃん宅へ。
お昼は、ちらしずしを食べて、3時のティータイムに、家用の栗ババロアを食べた。たっぷりの栗で、ぜいたくな味だ。夕食は、西の畑や果樹の恵をいっぱい!

なかむら 夕陽日報

'13.11.2
（土）

☀ すばらしいお天気
きのうに続いて、キャベツ畑の準備をした。前に掘りおこしてくれた粘土の出し忘れも取り除き、その土をストーンガーデンの石の小道の整備に使ってもらった。明日の収穫祭、なんとかお天気がもつゾ!!

柿取り

毎日黙々と、鳥と競争しながら柿を取り、ひたすらむく。
俊郎、もう500コ以上の渋柿を吊しただろうか。
きのうは初めて潤も柿取りに参加した。
だから、今朝、「柿取りの夢を見て、俳句を作ってた」
と言って起きてきたそうだ。

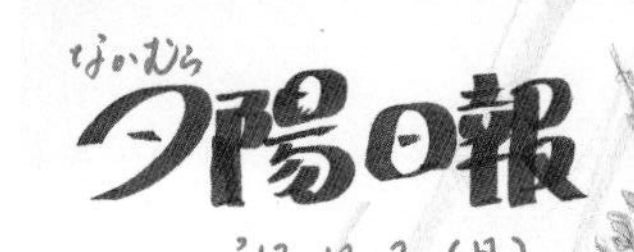

'13. 12. 2（月）

お日様と仲よし

☀が空にある間は、とても暖かい。風もなく、外仕事にもってこいだ。俊郎、「どの枝を切るのだ！」と、前庭の木を剪定してくれる。ウァー、パンジーにも、球根にも、お日様が当たったよ。

アッ！つるバラ
アーチにも当たってる！

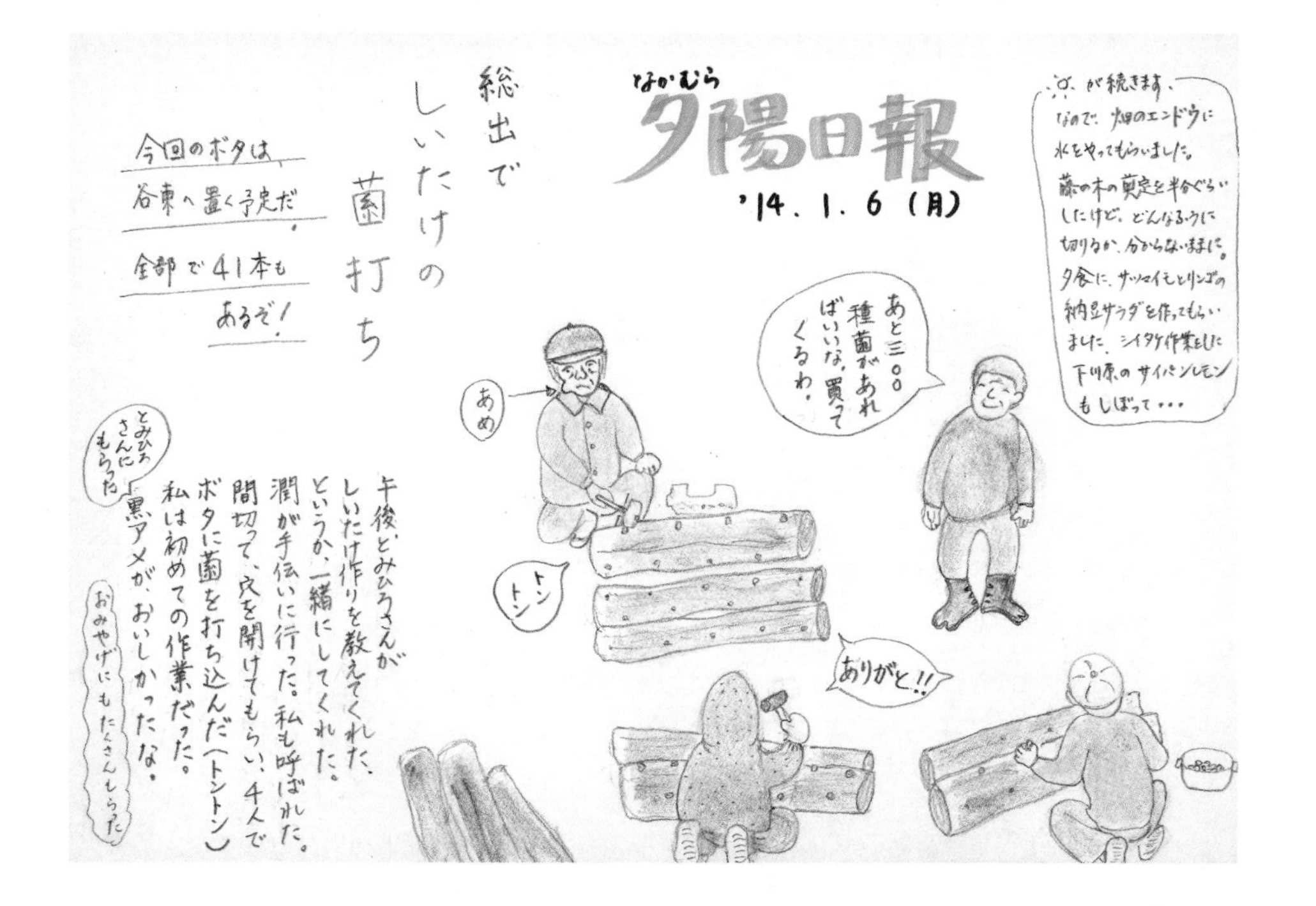
なかむら
夕陽日報
'14.1.6(月)
☀が続きます。
なので、畑のエンドウに水をやってもらいました。藤の木の剪定を半分ぐらいしたけど、どんなふうに切りるか、分からないままに。夕食に、サツマイモとリンゴの納豆サラダを作ってもらいました。シイタケ作業もした下川原のサイパンレモンもしぼって・・・
総出でしいたけの菌打ち
今回のボタは、谷東へ置く予定だ。全部で41本もあるぞ！
あと三〇〇種菌があればいいな。買ってくるわ。
あめ
トントン
ありがと!!
とみひろさんにもらった
午後、とみひろさんがしいたけ作りを教えてくれた。というか、一緒にしてくれた。潤が手伝いに行った。私も呼ばれた。間切って、穴を開けてもらい、4人でボタに菌を打ち込んだ(トントン)
私は初めての作業だった。
黒アメが、おいしかったな。
おみやげにもたくさんもらった

なかむら夕陽日報

［文庫改訂版］

中村俊郎・眞知子・潤

幻冬舎MC

はじめに

妻に初めて『夕陽日報』の自費出版を提言した。その引き金になったのは、二年前（二〇一七年七月）に手術をしていただいたTドクターの「奥さん、美術系か？」の一言だった。

妻は全く美術とは無縁だったが、その言葉から、いつだったか妻が語った思い出話「下半身の大火傷をして、幼子にとっては長い長いうつ伏せ治療。うつ伏せで寝ながら塗り絵ばかりしていた。痛さや辛さの記憶はないけれど、お湯をかぶった所や母が診療所まで抱えて走ってくれた道や、塗り絵をしていた光景は覚えている」を思い出した。

前年（二〇一六年）の二度の入院に続き三回目になったこの年の入院は、私の肺腺癌手術が目的で、幸運にもゴッドハンドに恵まれ生きて退院できた。おかげで保険金（入院費と退院後自宅治療費）が妻の口座へ入ることになる。「あぶく銭」として使う、あるいは貯めておく手もあるが、そうではなくて有効に使ってもらおうと私は考えた。

二男（二〇一一年一一月に統合失調症と診断されたが、これまでの間で当時では予想もできなかったほど回復してきた）の病気と、二男だけではなく私のアルコール依存症も含めて、妻は疲弊した。三人がひどい状態のときに、彼女は生きるための希望や夢や期待というより、一日ひと日、そのひと時を生きるための「よすが（縁）」として絵日記を綴っていたのではないか。家族が最悪の時の、妻が最大の拠り所とすがりついてきたのがスケッチブックに描いた『夕陽日報』である。

妻は「うん」と言わなかった。しばらくして妻と私は、『子の人生と、親がしておくべきこと』という演題で話を聴く機会を得た。私は、親が残せる二男へのメッセージを二人で書こうと改めて提案した。妻は賛同した。

私たちが原稿に向かっていると、二男が「僕も」と仕上げた原稿を持ってきた。こうして私の提言は、三人で作る『なかむら夕陽日報』になったのである。

一八年前の二〇〇一年五月、私は胃癌で入院し、全身麻酔される前に中島みゆきの『わかれうた』を聴いたのだった。私にとっては初めての手術で「まな板の鯉」となりながら「もう二度と目が覚めないかもしれない」今生の別れの可能性が『わかれうた』という曲を選ばせたのだった。

二年前もオペ室へ行く前は、私はそうしてもらうつもりでいた。しかし「まな板の鯉」となりながら聴こえてきたのは、二男が作詞作曲し、二男が演奏し歌っている『僕のお父さん』だった。

生き返ってすぐ思い、妻に向かって言葉にしたのは、「『わかれうた』ではなかったな。どうしたの？」

妻は看護師の許可を得て変えたとのことだった。私を思って作った息子の歌と声が私を励まし、一番この世につなぎとめるだろうと考えたのか……。そのCDに妻が描いた私の似顔絵があった。病院のものではない聞き慣れぬ歌に心留めたTドクターが、それを見て私に尋ねたのだった。

二〇一九年五月三一日　中村　俊郎

なかむら夕陽日報　目次

母からの章

父からの章

言葉の処方箋の草案

色んな父母から習った畑の作り方、いや、ほったらかし方

空は空(そらはから)

母からの章

はじまり

私たち三人が一緒に暮らし始めたのは、二〇一一年（平成二三年）一二月二八日です。私たちの二男、潤が統合失調症の診断を受け、神奈川県から三重県に戻ってくる日からです。そこから私たち三人は新しい生活を踏み出し、八年の月日を重ねてきました。

私たち夫婦は二人とも定年より早めに退職をし、夫、俊郎は念願の山仕事にかかりました。私は目標もなく、とりあえず土地を荒らすと恥ずかしいという世間体から畑仕事をしました。やっているそぶりでいいやというくらいの気持ちで始めたのですが、何も知らないことだらけでした。図書館で本を借り、読んではメモを繰り返し、やがて小さなノートが一冊できる頃、畑が花壇のように思えてきました。「いろんな野菜が作れたらいいなあ」という気持ちが湧いてきて、いつの間にか図面を描いていました。「薬を使わずにしたいなあ」と、いつの間にか科目別の輪作計画を立てていました。私の手仕事でもできる小さな一六個の畑と、それを取り囲む雨の日もぬかるまない作業道ができ上がっていきました。ノートが二冊目の頃には、粘土質の土や石を掘り起こして、いい土に変えようとしていました。夫は山へ、私は畑へという生活です。

そんな折、病んでなお東京に留まろうとした二男が戻ってくれました。この日に、偶

なかむら夕陽日報

'11.12.7(水)

戻りし子励ましたくてたんぽぽの綿毛飛ばそうふんわりふわり
けれども、お父さんと一緒に帰って来なかった

然に、戻ってくれたのです。

東京を拠点にして生活や仕事をしていた二男は、さまざまな状況を乗り越えようと、自分を追い込んでしまいました。東日本大震災の頃から病気の発現があり、幾度も大きな波に襲われていたのだと思いますが、自身には理解できないままに窮地を乗り切ろうと頑張ったのだと思います。

私たちも彼が思春期を過ぎてから一五年間、自己判断で自分の道を開いていましたから、「この子は大丈夫、今に辛さの底から浮かび上がる」と、調子を崩しているのを知りながら、精神疾患への無知と、親の勝手な思い込みや試練を乗り切ってほしいという願いとで、早期に病院へ連れていくことができませんでした。特にかつて一度帰省したのに、また送り出してしまったことを強く後悔しました。

この後悔の念や申し訳なさばかりが、その後の私を長く縛っていきます。同じような思いを抱く人や、前向きに捉えていく家族や支援者に出会うまでは。

帰郷

調子を崩した息子が心配で、私は何度も上京（後に神奈川へ転居）していたのですが、とうとうなす術もなくなってしまいました。私に代わって夫が二男のアパートに泊まりで生活してくれました。そんな夫から「すぐに来い。家族診察ができるようになったから」の連絡が入り、私はいつでも行ける用意がしてあったカバンに、何を思ったかスケッチブックを掴んで、ＪＲ「快速みえ」に飛び乗りました。それが偶然につながるとはつゆ思わずに……。

スケッチブックには、夫から送られた一カ月余りの日々のメールと、私の一人暮らしの絵日記がありました。遠く離れた二人を近くに感じたくて、そして私も二人の窮状に力を合わせたくて書き始めたのです。一人ぼっちで彼らを案じる不安を紛らわしたかったのかもしれません。

夫婦でドクターの話を聞いてからアパートまでの帰路は、私の記憶にありません。すでに夫を部屋から閉め出し内からカギをかけてしまったアパートのドアを、夫に代わりノックしました。すると二男は私を入れてくれたのです。

閉め出された夫は車中泊をしながら二男を見守ってくれていました。私もドアから出ると、次はもう入れてもらえないと思いましたから、食材を夫に頼み届けてもらって食事を作りました。夫がメールで知らせてくれたように、私も黙って側で過ごしました。時々のマッサージは嫌がりませんでした。

そのようにして過ごした二日目の夕食後だったでしょうか。スケッチブックを見ていた私に、「何？」と二男が声をかけてきました。「麻加江で一人になったときから描き始めたんよ」と答えると、二男も絵を見始めました。

私に代わってページを繰っていった二男の手が、おばあさんと少年の乗る緑色の車がツリーを積んで疾走する絵（図書館で借りた童話の挿絵）に来たところで止まりました。残っている最後の力を振り絞るように立ち上がり、絵から触発された曲を作ろうとキーボードを手にしました。しか

し一音も生まれてきませんでした。息子は私に、

「もうできない……。帰ろうかな」

と言いました。

二男は、辛いけれど限界を知ったのかもしれません。もういいんだとホッとしたのかもしれません。

私は、本当に嬉しかったです。久々にホテルに入った夫にすぐ連絡をしました。部屋に入り歯磨きの袋を破いたところだった夫は、お金を払いすぐに戻ってくれました。荷物は何も積まず二人の体と私のカバンだけ乗せたら、車は急いで発車しました。まるで呼び戻すものから逃げるように。

その夜、日をまたいで私たち親子は息子の故郷へと戻っていきました。

薪ストーブが
ともったよ♡
中村ゆうひ日報
'11.12.1
(木)

白菜も 葉っぱの マントをかぶりました。
なかむら
夕陽日報
潤にも 絵ハガキを
送りました。
'11.12.18
(日)

音楽との別れ……そして繭の中へ入る

東京から神奈川県相模原に移る際、友人にいくつか楽器を譲り、相模原では私の目の前で大切なキーボードをたたき壊しましたが、最後の一つになったショルダーキーボードと機材は、アパートの整理に行ってくれた長男が持ち帰ってくれました。しばらく父と作業に出たり、これまで仕上げてきた音源に歌を吹き込んでCDにしたりしていましたが、生活できる段階ではありませんでした。日々刻々と気持ちが変化しているようで、見ていても辛さばかりが増えていきます。

けれどもこの状況は、まだ小康状態だったのです。少し元気になると父母の手伝いをしたり、私の絵日記『夕陽日報』に自分も絵や文を書いたり、仕事に就こうと動いたりしましたから。でもこれが、今から思うと第二の危険な壁（後述）だったのです。

薪ストーブの前で、久々にゆったりとギターで歌いか

け、私も一緒に口ずさんだ穏やかな夜の翌日、二男は残る音楽の機材すべてを町の美化センターへ捨てに行きました。その日は三月なのに凍雨の降る冷たい一日でした。私は、楽器を見送りながら、二男が十数年かけて積み上げてきたものや、楽しかった過去もすべて捨てるようで、息子が消えていくように思いました。

「それはお前の感傷だ」と夫が吐き出すように呟きました。今なら私にも分かります。夫は、すべてを飲み込みました。自他の命に関わらぬ状況ならば、二男のどんな選択も行為も行動も、黙って受け入れる覚悟をしていました。それがどういうことを意味し、どんな言動が求められるのか、その行動がいかに難しいか、私には分かっていませんでした。

私はおそらく間違った対応をしていたのだと思います。回復へ向かうためのこの時期の壁（病気へと向かう壁を第一の壁としたら、本人にとって更に厳しく辛いと言われる第二の壁のこと《中井久夫精神科医の著書より》）を前にして、「二男と生きる」ことの本当の中身が分からず、「ただ子を思う」という私的感傷を優先させていました。更に壁を高くしたのです。

これまで自分がとったいくつもの言動のまずさや認識のズレ、常識への縛りや一方的な見方に、私もだんだんと気づいていきましたが、その時は分かったつもりでも、更に時が経つと新たに見えてくるものがあります。この夫の言葉も、現在直面している問題

静かに照らしてもらった
温かな灯に。
〜 春雷に 家電も消えて別世界 無音を揺らす光が時が 〜
なかむら
夕陽日報
'12. 6. 24 (日)

を考えていたら、ふっと浮かんできました。連られて当時の思いも甦ってきました。

閉ざすとは自分なくすとはカレンダーがないということか今日さえ遠い（二〇一二年五月）

今ならNGですね。今日がないくらい、一瞬一瞬に翻弄されても活動できなくても、生きていること——生命（いのち）自体が時を刻んでいるのに、ちっとも分かっていませんでした。ここには、子と生きるという親の覚悟から遠く、無と感じる私の感傷があるばかり……。

二男はその後、薬もしっかり飲めず症状が悪くなります。お盆の準備が始まった八月一〇日、ようやく自分から薬を飲み始めることができました。そして、音楽については全く語ろうとも聞こうともしなくなりました。

まるで繭の中に入ったように外界の音をシャットアウトして、今まで一度もやってこなかったことをゆっくりゆっくりし始めました。

家の中はテレビの音もラジオの音もありません。田舎ですから、外に出ても音はありません。雨の音、風の音、小鳥の声、時々の飛行機の音、学校帰りの子どもの声……私たちも、静かに寄り添って外仕事をしました。息子の活動を見守り、ツィンツリーと名付けた木の下の石のテーブルで、ティータイム（腰伸ばしタイム）を日課としました。繭の中で自分を守り、少しずつ外へ出られるようになっても繭は潰されることなく五年間が経っていきました。

この繭が潰され、自らも壊していったのは、当事者との密度の高い交流（就労移行支援事業所）だったと思います。良くも悪しくもやがて繭から出なくてはなりません。

満月を見ながら
吾子は歩いたか
二八キロ六時間半

（二〇一二年六月）

なかむら 夕陽日報
'12.6.2（土）

ラッカセイ畑を起こしていたら、
モンシロチョウが、こんなすぐ近くに。
（私）人なんかまるで 風景の一つかのように。
ひらひらと 飛んでみたり、
つんと もり上げた土の上に 休んでみたり。

日差しの強い日の夜遅くに、
ぞうりずれした足で
帰ってきた。私は出た時を
知らず、耕していた。

なかむら
夕陽日報
'12. 6. 1（金）
くたんとなったら
収穫です。
お父さんが神奈川で潤とくらし始めた頃に
（11月）
植えた苗が、こんなになった…
木は小さいのに
いっちょまえに
実をつけました。

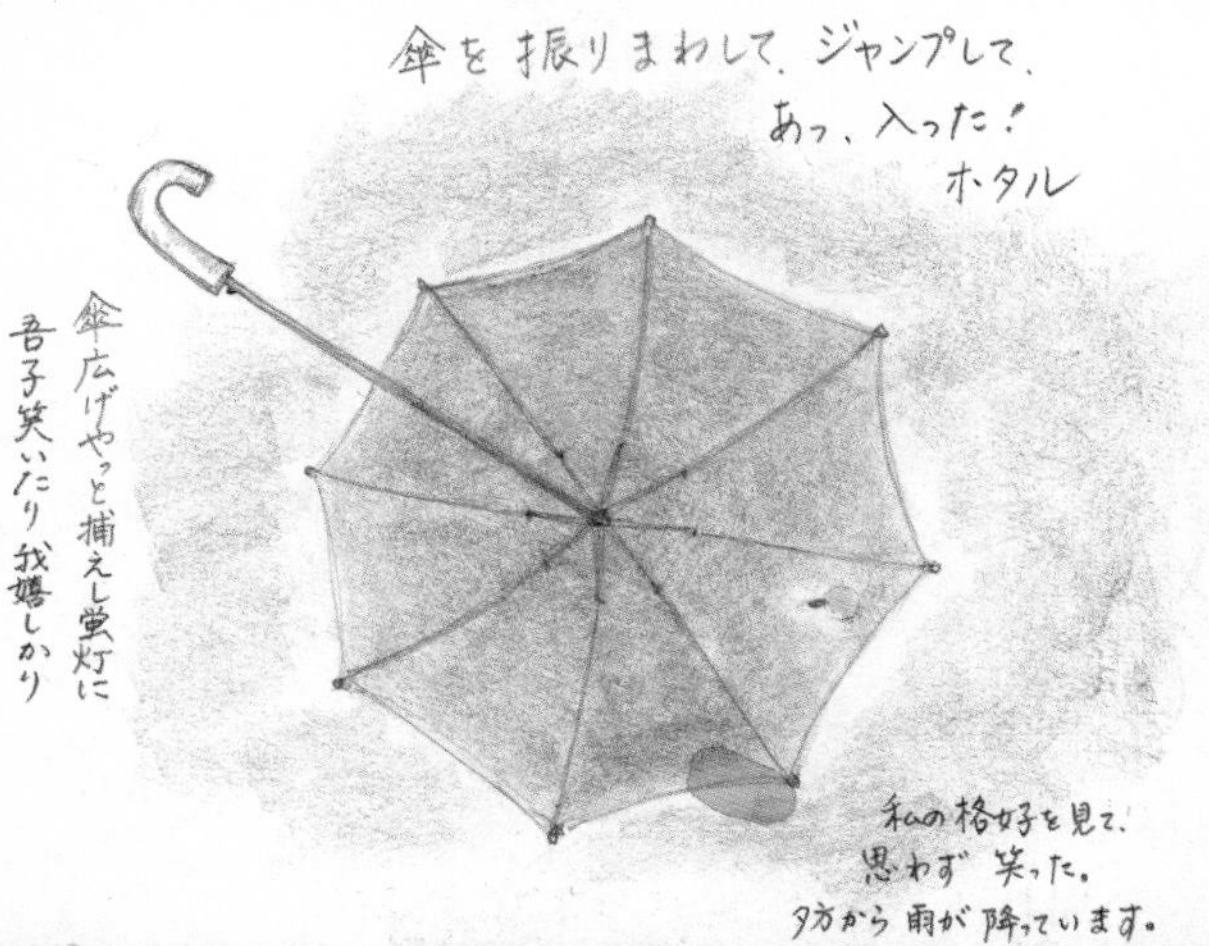
傘を振りまわして、ジャンプして、
あっ、入った！
ホタル
なかむら
夕陽日報
'12. 6. 8（金）
傘広げやっと捕えし蛍灯に
吾子笑いたり我嬉しかり
私の格好を見て、
思わず笑った。
夕方から雨が降っています。

夕陽日報

スケッチブックに書いた絵日記を我が家の新聞『夕陽日報』と名付け、その後も拙い絵と文で書き続けたのは、次のような理由からです。二男が見てくれて、帰るきっかけになってくれたものだから。これなら二男が反応してくれて、私と話せるのではないかと思ったから。でも一番の理由は、過去も今も消し去ったような二男に、「あなたは、今日はこんな暮らしをした……。昨日はこんなふうだった……。後ろには、暮らしが残っているよ……」と、二男に自分の一歩一歩を感じてもらいたいからでした。読む力が弱っているので、視覚なら叶えられるかもしれないと考えました。

二男は、回復の是非も分からぬまま、高くて厚い壁の向こうへと、一日一歩進み始めました。言葉が出なくても、私たちが不安になる行動でも、「活動できたらいい」と口癖のように言った夫の言葉のように、彼の周りには毎日毎日の営みが確かに刻まれていきました。このことを『夕陽日報』は教えてく

れます。

初めて買い物をしたかごの中身、黙って遠くへ行ってしまった日、何かに心奪われたような場所、初めて笑った日の出来事、初めて一人で津のデイケアへ出発した後ろ姿、初めて聞いた鼻歌の一節、気分転換と言って外に出た雪の翌朝……。その日見つけた小さな驚きは、知らぬ間に私自身を励まし、心の波を鎮めてくれていました。

『夕陽日報』は我が家で三年間続きました。その間の私たちの様子は、三六冊のスケッチブックと、家族会の会報に載せていただいた次の記事（一部加筆修正）から窺（うかが）えます。

「冬が過ぎて……春になって……もうすぐ春が終わるな……」

津の病院へ向かう車中で、息子がふと言った。運転していた私は、言葉を返しながらもたったこれだけの言葉に、心がほっこりして軽くなっていったのを覚えている。

彼が故郷に戻って以来、何度も何度も通院する車窓から、サザンカが咲き、桜が咲き、ムクゲや夾竹桃が咲き、稲穂や山の色づきを目にしたのであろうが、二度目の冬が去り夏の足音がする頃になって、初めて季節の移ろいや時の経過を口にしたからだった。

私は、ずっと息子の症状を理解できず行く先を案じていた。なぜ止められなかったかと悔やみ、生き生きした過去の姿を思い出して嘆き、親だから何とかしたいのに何もできないと悲しんだ。そんな辛さは出してはいけないという気持ちまで顔に出して。そんな時（二度目の初冬）に私たち夫婦は家族会に出会った。出会った人たちは優しく前向きだった。温かい居場所だった。会に参加した後、「大きなものに身を任せよう。今日を生きて、明日を思おう」という気持ちが起こってきた。今から思えばこれが私の大きなスタートラインだったのだろう。

けれどもスタートラインに立てたからと言って、スタートできたわけじゃない。大きなものって何だろう？　身を任せるってどうすることだろう？と、もがいていた。戻ったり立ちつくしたり横にそれたりしながら、「二男は、過去の全て――楽しかったことも嬉しかったことも、頑張ったこと・誇れることまでも全部――消さなくては生きられないのだな」と思い至った時、私はハッとした。「いやそうじゃない！『自我も理性も感情も全て壊せば生きられる』という動物的本能が、あの子のいのちを守ってくれたのかもしれない！」と思ったのだ。

とても乱暴な表現だが、「あの子は死んだのだ。そして私たちに三番目の子が授かったのだ」と腹に落とし込んだら、「今の息子と生きるのだ」という現実が見えて

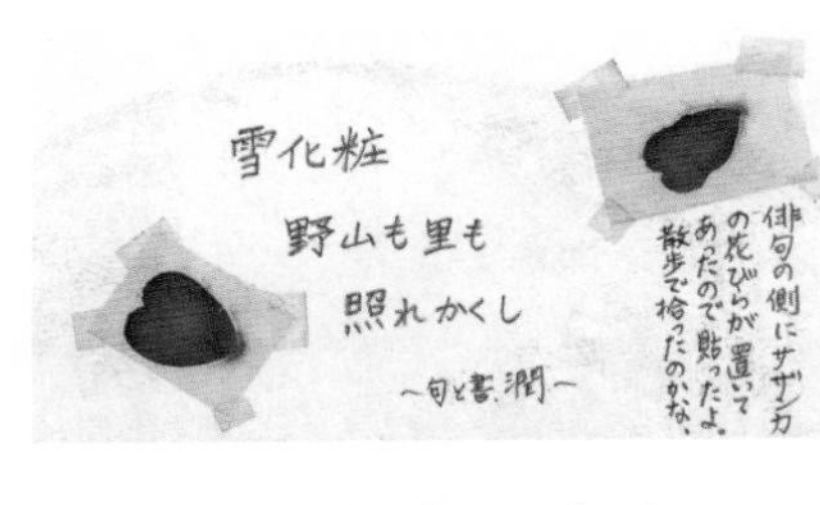

きて、少しだけ今日が明日につながった。

何も話さぬ息子の口から季節の変化がついて出たのは、もしかしたら彼も、スタートラインを探していたんじゃないだろうか？　あるいは、もう踏み出していたんじゃないだろうか？

彼は、病気のために帰るしかなかった故郷の野山を歩いた。草を引き草を刈った。薪を割り積んだ。木を削って箱を作った。畑作業をした。人とのつながりも、思考も、自己表現や自己管理もままならぬ中、動ける時々には一人で、やったことのない作業をゆっくり自分流でやった。夫は黙って見守った。私は、可哀想なのか、これでいいのか、分からなかった。

ある日、私が神社の傍にある山へ様子を見に行くと、静かに作業する彼の姿が、社の森に溶け込んでいるように見えた。小動物や木々や光や風と同じ気配でそこにいた。声が掛けられないほど私は圧倒されて、そっと帰った。誰も傷つけ合わない世界を壊してしまいそうだった。これがいいんだ……彼は気高くて、幸せそうだった。

冷たいガレージで薪を作り、野菜にかぶった雪を手で除き、竹林で竹を切ってエンドウに手をあげ……、そんな二度目の冬を越え庭の花が一斉に咲き出し野山は緑になった。鳥が訪れて、野菜が育ち、果樹が実った。鳥や花や木の名前を知っていった。彼が参加し始めた当事者会で、そんな自然のことを報告したと、私たちに伝えた。

冒頭の彼の言葉は、ちょうどそんな頃の言葉だった。自らが身を置いた環境で、何とか活動した！という小さな実感のつながりが、季節の流れという言葉を借りて彼の口をついて出たんだな……と私は思った。彼の意志で作ってきた十余年の道を捨て、自分の意図せぬ環境に置かれても、彼は何かをつかもうとしていた。ままならぬ状態でも、「今日は動けた、明日はどうかな？」と自然に身を置き、季節の中を歩いているのだ。

挿絵は『夕陽日報』という我家の新聞の一コマで、発行者は私だ。息子も少し俳句や絵で参加し

た。今読み直してみると、そこには息子からの大事なメッセージがあるように思う。「僕は体で感じ取っている。大きな自然の営みと一緒にいるよ」と。

目に見える症状を見てしまいがちな私に、目に見えない心情を見てほしいと控えめに伝えていた。……そう思うと一年間で履きつぶした彼のスニーカーが、私の手の中でズシッと重くなった。

二男は、二年目に、院内の若者向けデイケアに週一度参加できるようになり、三年目になって伊勢のサポートステーションへ行き始め、その間にゆっくりですが話し出しました。私は二男と交流した『夕陽日報』を終えて、今度は直接に話していこうと思い始めました。

けれども話し言葉でのコミュニケーションは、同時に聞くことと話すことを組み立てなければなりませんし、抽象的な言葉から想像することは互いに違ったりずれたりしていますので、絵と短文の対話よりも難しくなります。相手の表情や抑揚の影響を受けて、更に複雑・不確かなものになっていきます。

会話の数が急増した現在は、行き違いだらけ、衝突だらけで大変です。でもこれって通常の会話でも大いにありますね。

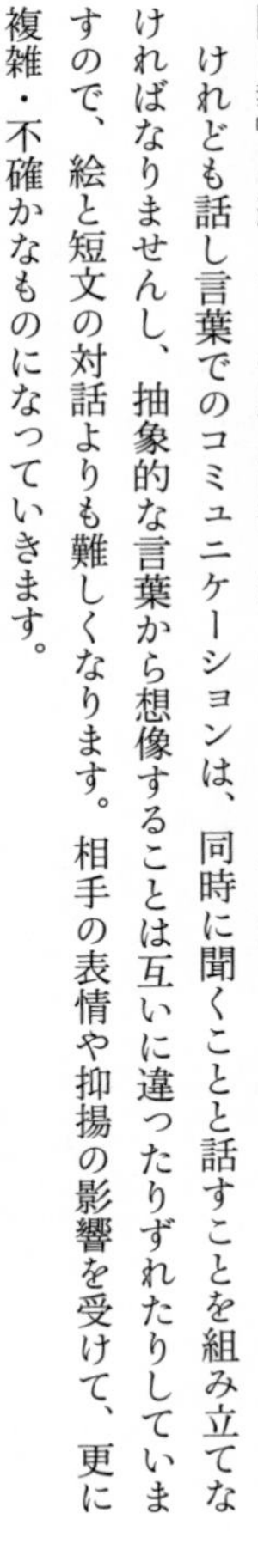

風に乗りミカンの香り訪れて子と口ずさむワルツの歌を　（二〇一二年五月）

台風から子が守りしスイートピー　ビニルのドレスをふんわり着てた　（二〇一二年七月）

吾子は言う竹の子掘りの手を休め「真直ぐなるもの天へ伸びる」と　（二〇一二年四月）

ふつふつとお釜が笑う囲炉裏端　こぬかの湯船に浸かるは竹の子　（二〇一三年四月）

心病みてなおそっと吾にくれるのは天使の笑顔君十八歳

（デイケアで二男と勉強する女子高生に会って）

その色とその味で自己主張するグミは春でも夏の実でもなし

（二〇一三年五月）

陽に風に土に感謝のティータイム子が焼きし豆腐ドーナッツの香

（二〇一四年四月）

取り出せた幼き日の書を唱和する『希望前進』読めるまでになり

（二〇一四年九月　しまいこんだ二男の書が読めた記念の日）

壊しきり閉ざしきる過去　雪が消え別の世界の歌が微かに

（二〇一五年三月　この地に珍しい大雪）

なかむら
夕日日報

'12.2.5
（日）

自家製 ← 魚屋のおじさんに教わった
アジの干物

我家の食卓には、時々
お手製の小アジの丸干が出ます。
（先日は、サンマも干してみました。）

今夜も、夕べ塩をして、朝から天日干ししておいたアジをいただきました。
今までで一番おいしいとのこと。魚は新鮮で、塩加減も、干し具合も、
焼き具合も グー!! 昔の話や、飼っていた犬の話も出てきて、
話の花が咲く。
「この魚、こんなに話してもらっている」の潤の言葉に、笑顔の花も咲く。

なかむら
夕陽日報

'12.8.6（月）

台風11号の雨も余り降らず。
午後は ☀ & ☁

父は 西の作業小屋の
大改造のために、
戸口の外に立っている
大きな木を切り、
小屋の中の"いろり"を
取りこわし始めた。
大きな石や土がある。
潤の出番を待っている。

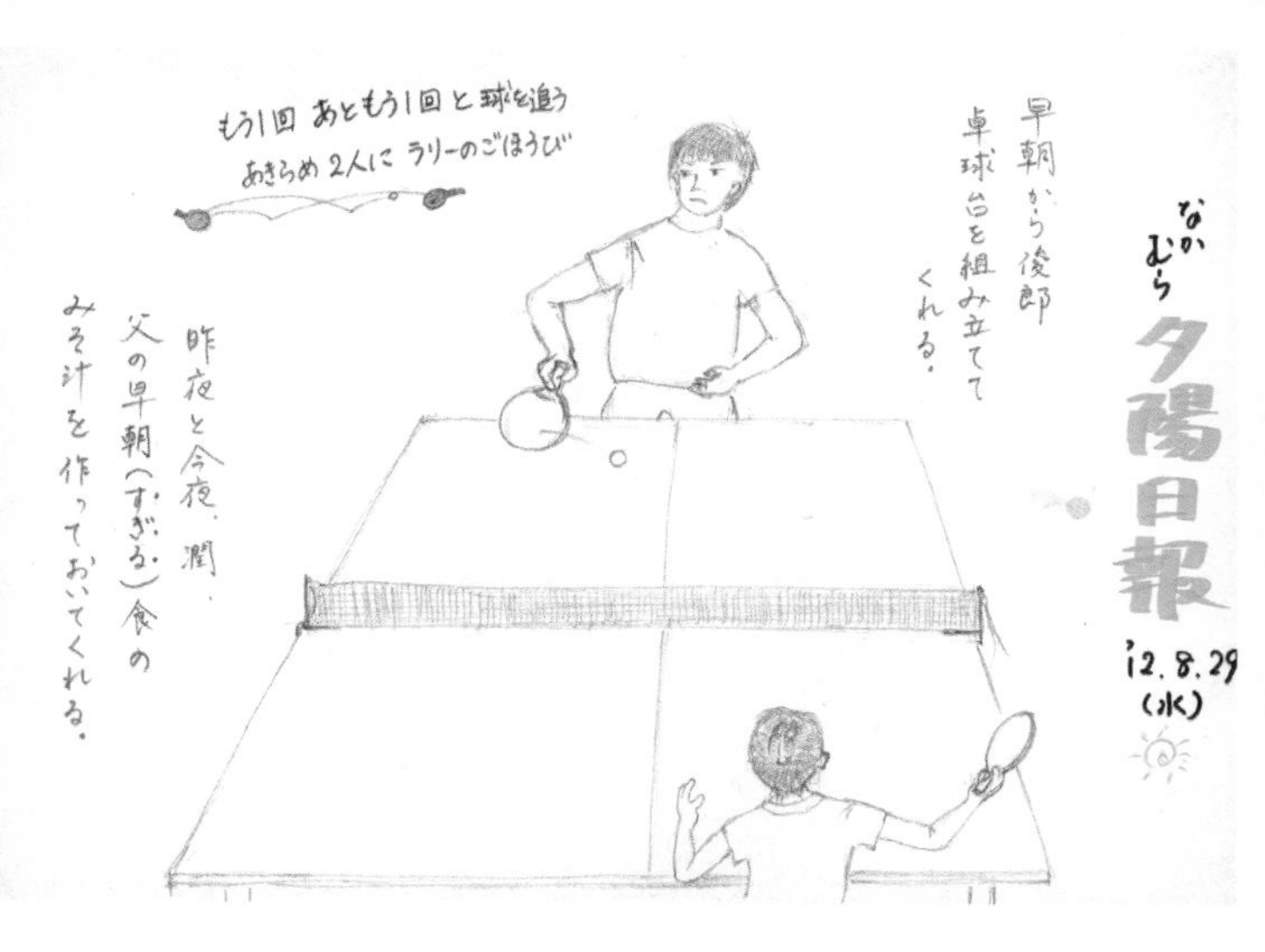

なかむら
夕陽日報

'13. 8. 1（木）

花とカエル

オクラの花は夢みたいに咲く。
黄色の5枚の花びらが中心に向かって淡くなり、
五角形の濃いエンジの淵に吹い込まれていく。

たった1日の寿命だからこそ、
こんなにきれいに
はかなく咲くの？

「明日は雨」と昨日の天気予報が言っていた。
雨ガエルが大きなオクラの葉っぱに
ちょこんと止まっている。
やっぱり降るんだ

雨ガエルを見ていたったら、ポツポツ、
ザーと、降ってきた。

2日続きの外出で、今日は
疲れたのだろうな。
このところ、ナイターのテレビを
見ています。
巨人ーヤクルト どうなったか？！

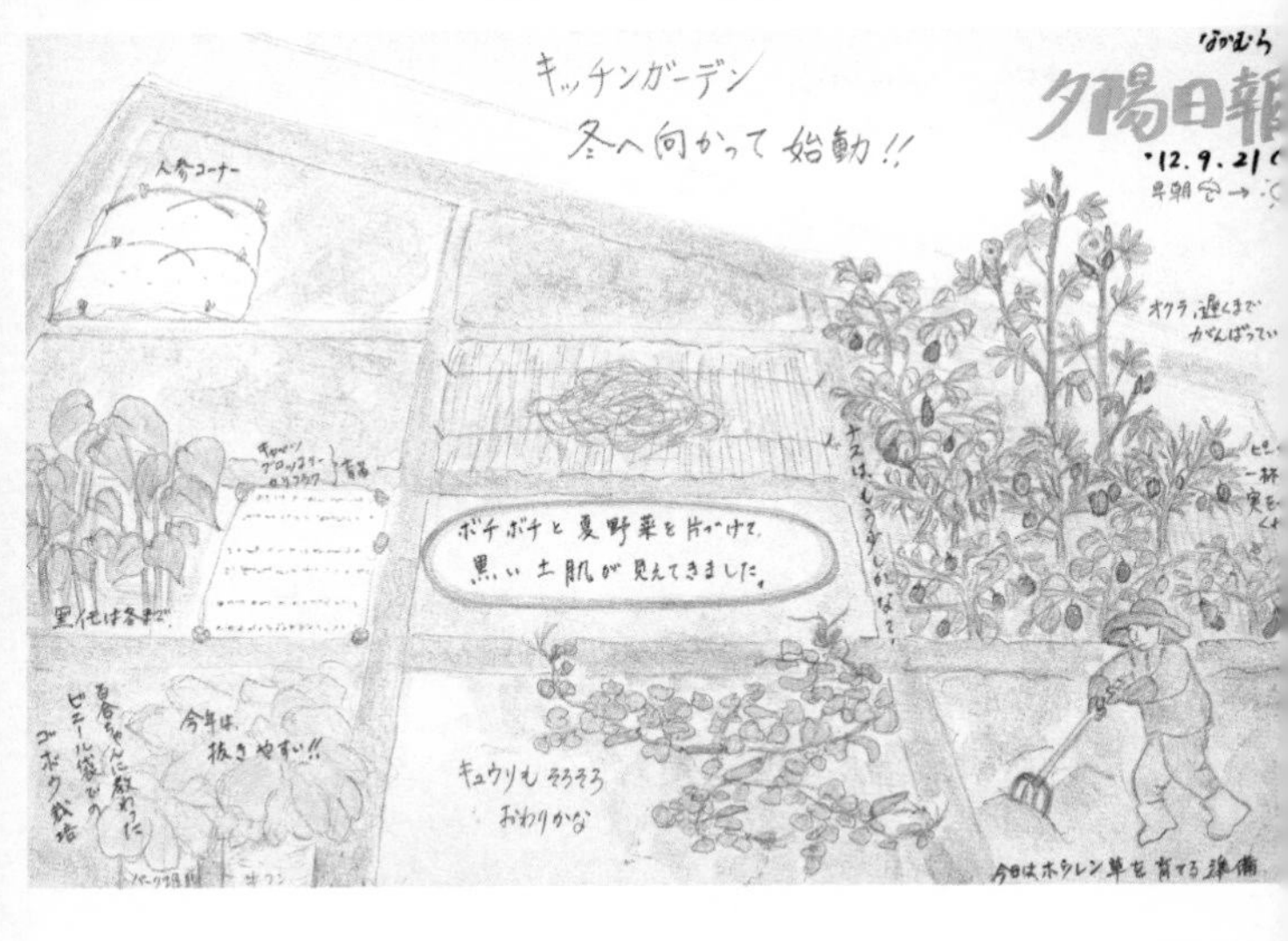

なかむら
夕陽日報
'13. 5. 21 (火)

今日も暑い!!
潤、朝からセンターへ。
疲れたのか、帰りは駅まで
迎えを頼む 20:00すぎ

去年取りつけてもらった
箱のフタ だから住ま
なかったのかなあ…?

配電盤の上で

今年は、つばめが
巣を作った。
二羽で栄んに
ワラすえを運んで
巣の補修。
今夜、
メスが巣の中で
オスは、その側で
眠っている。
お休み
また明日

やっとこさ つばめの夫婦が作り上げ
おまえ巣の中 オレここで寝る

z~ z~

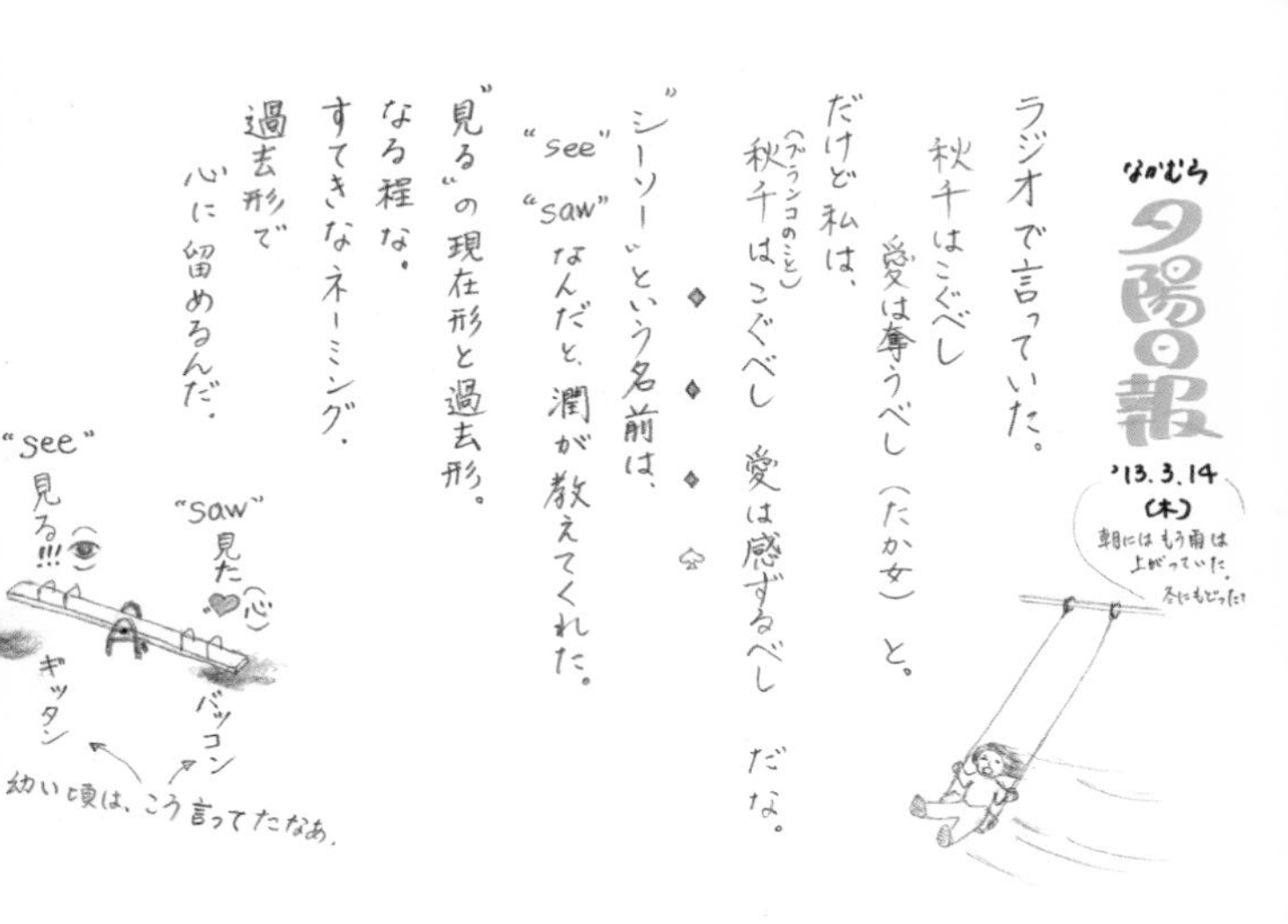

ながむら
夕陽日報
'13.3.14
(木)

朝にはもう雨は上がっていた。冬にもどった!?

ラジオで言っていた。
秋千はこぐべし 愛は奪うべし (たか女) と。
だけど私は、
秋千(ブランコのこと)はこぐべし 愛は感ずるべし だな。

◆ ◆ ◆ ☆

"シーソー"という名前は、
"see" "saw" なんだと、潤が教えてくれた。
"見る"の現在形と過去形。
なる程な。
すてきなネーミング。
過去形で 心に留めるんだ。

ながむら
夕陽日報
'13.2.24
(日)

今日も寒い 朝から風花が散って、畑行きは、又こんど。

うちのメダカ

めだかの子
負けるな 母(ババ)が
ここにいる。

子メダカよ
たった 二ミリで
食求め
け散らされても
飲まれそうでも

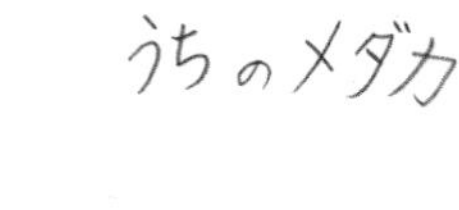

我家の白メダカは14匹。
大きなメダカはちっちゃなメダカの身には何十倍もデカイ!
子から孫、孫からひ孫へと、何世代になってるのかな?
我家に住むようになって、もう6年と半だ。

夫も病気に

二男に続いて一年後に、夫も精神を患っていきました。

ずっと口にしなかったアルコールを地区の役を引き受けて飲んでから、私の知らないところで短時間でハマっていました。気がついたときはもう引き返せませんでした。この病気の怖さを少しは知っていた私は、何とかせねばと、一人専門医を訪ねたり電話相談をしたり……そんな時、三〇年近く毎年訪ねてくれる夫の教え子たちが訪問してくれました。そら豆が実る五月です。二男が収穫したそら豆で、デザートを作ってみんなをもてなしてくれました。みんなは「美味しい。美味しい」と言ってくれました。

そのことが、私の悩みをオープンにすることにつながりました。夫が、喜んで食べてくれる教え子たちに「茹でそら豆で一杯飲むとたまらん」と話し出したからです。第三者を交えた場で、現状を伝えることができました。二男のおかげでした。

教え子の一人が、長男も呼んで学習会を開いてくれました。驚くほど量を減らせることができたときは、やっと食い止められた、もう大丈夫と思ってしまいました。でもそんなに甘くはありませんでした。半年も経たないうちに自分で買って飲み始めていました。前の量（一日の最大限）に戻るのはアッという間で、常時飲むようになっていきました。この頃には私を「自分のしたいことを阻む敵」と見ていますから夫婦間の会話は成り立たず、それでも言っては争いになり、次第に私は黙って逃げる方法をとりました。幸い夫は二男に優しくて、二男も優しくて、私の代わりにお父さんの長い話を聞いてくれました。私は嫌なものから逃げていたのに、今度も病気の二男に助けてもらいました。父親と山仕事にも出かけてくれました。

二男は父を信頼し大切に思っています。私も大切に（今は大喧嘩するから違うかも？）思ってくれましたから、混乱させてはいけないと思いました。だから父母のいさかいは見せまい、言うまいと心し、夫の飲酒に派生する私の悩みに蓋をしました。別に住む長男に対しても、生の声を届けたら傷つけると思いました。

依存症という病気なのだからと知りつつも、私から湧き立ってしまう嘆きや悲しみや怒りなどの感情をごまかすために、あるいはとらわれてしまった感情から這い出るために、図書館の空気と本はなくてはならないもので、日報を書くという作業も拠り所の一つになってくれました。二男は、そんな私を畑へ連れ出して元気づけてくれたり、一人で作業を進めてくれたりしました。

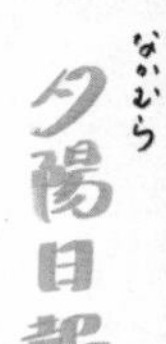

'13.10.31（木）

AM ☀なのに、外に出る気も起こらない。

PM ☀だから、外に出た。

潤の一言で「やろう！」と思った。

外に出たら、気持ち良かった。

気持ち良かったから仕事した。

午前と午後で、こんなにも違う。

一体何でなんだろう???

なかむら夕陽日報　13・10・31（木）

〝休む勇気　もたない元気〟

なんてことはまだ勇気が持てるから、まだ元気が出せるから、言えることなんだ。

本当に弱っていたら休もうという気力さえ起こらない……。ただその場にうずくまっているだけ。

〝なぜか〟
昼食後
「外に出る時僕に言って」
潤の言葉に私は久々に畑へ出た。
潤は大根の追肥をして、庭の草ひきを、
私は畑の草ひきをした。
キャベツ畑をそろそろ準備しよう。
きのう種まきした青菜達の畑の準備をしよう。
ホウレン草の小苗が台風の雨にたたかれたから、
もう少し種をまいておこう。
不思議なことに外で動いていたら、
明日のことが思い浮かんだ。

斧の音止んでヨキの音聞こえます凍雨の中から聴こえます
（二〇一四年二月）

焦らない諦めないでこつこつと
現在（いま）を生きる子　我も続かん
（二〇一六年二月）

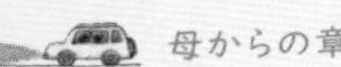

二男を真似(まね)、「塞翁が馬」と言いながら、一方では不安定な自分とのせめぎ合いです。

波の様に良き日悪しき日打ち寄せて「塞翁が馬」だよと言い聞かす　(二〇一三年二月)

気が付けば身の憐れにぞ溺れ居り飛行機雲が青空を切る　(二〇一三年三月)

浮かぼうとあがきもがけば行き止まりそこが始まりこれ以下もなし　(二〇一三年八月)

今日の日は何もできないしたくないひたすら推理小説を読む　(二〇一三年一二月)

我家(こちら)では戸惑い格闘の日々なのに時はゆっくり流れるのです　(二〇一四年一〇月)

一面の冬破りたし思いっきり明るき花を買い求めたり　(二〇一五年二月)

何もかも手遅れという恐怖如何せん我が立ち行くところ　(二〇一五年四月)

'13.5.26
（日）

☀のち☁
種から育てたトマト苗を初めて植える。
カボチャやナス、ピーマンに敷きワラをする。
植え直したキュウリとバナナウリは、もう大丈夫。
オクラは、枯れてしまった。
夕方、吐き気など…

我くつを
葉っぱと思い
よじ登る
毛虫　おまえも
おしゃれしてるなあ

下河原の栃の木林で草刈る父子に、
グミとジュースとコーヒーを届けに行く。
帰りは、黄色い花と、アザミとヒメジオンを
リュックのポケットにさして、自転車を思い
っきりこぐ。風を切って思いっきり…

思うまい考えるまい空っぽにして鍬打てどあふるる涙
しがみつく己を溶かし細胞からやり直したい
サナギみたいに

なかむら
夕陽日報

'13.11.16
（土）

☀ぽっかぽっかの
小春日和の1日。
俊郎と潤くんに
ガレージで仕事。
夕方、買い出しにも
一緒に行ってくれた。
夕食のピーマンとあげ
のキンピラ風煮を作
ってくれた。
ごちそう様!!

先客

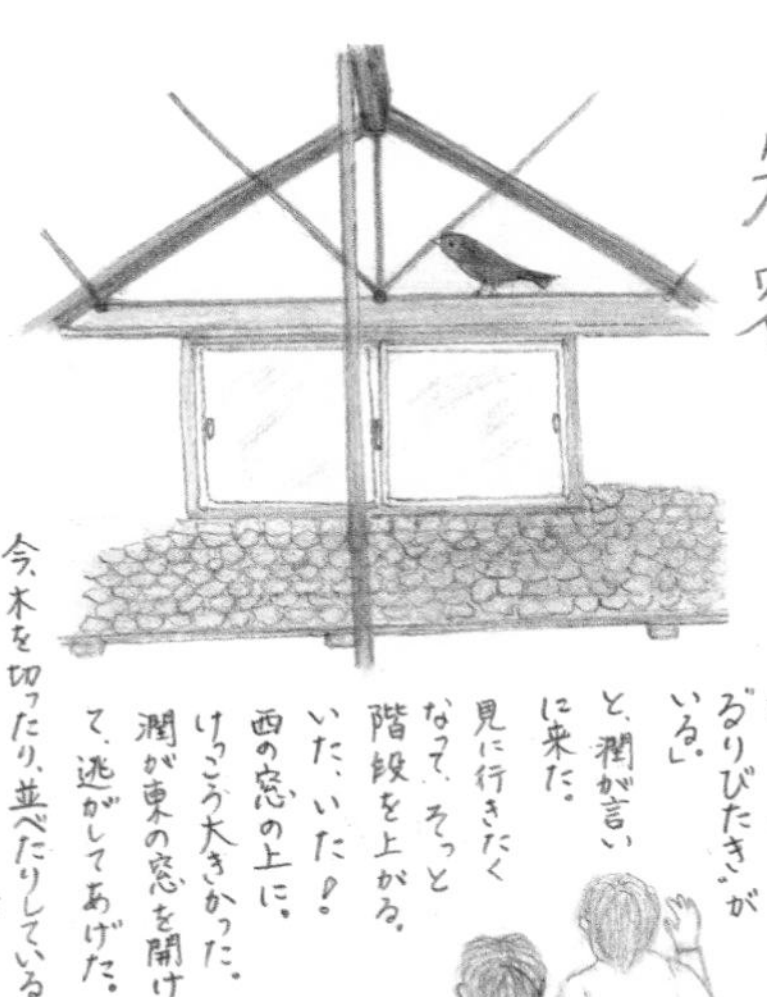

「ガレージの2Fに、
るりびたきが
いる。」
と、潤が言い
に来た。
見に行きたく
なって、そっと
階段を上がる。
いた、いた！
西の窓の上に。
けっこう大きかった。
潤が東の窓を開け
て、逃がしてあげた。

今木を切ったり、並べたりしている
ので、きっといいにおいに誘われて、
ついつい"るりびたき"も、階段
を上がっていったんだな。
「僕が割った薪を運んでいったら、
すでに『かわいい先客』が来
ていたんさぁ。」
だって。

きのうから風邪ぎみで
調子悪かったけど、お天気に
さそわれて、庭と石がきの
草ひきをした。畑のししとう
とナスもひいて、新しょうがも
ひいた。そんな時にお客様に
会いに行った。
新しょうがは香り高く、お豆腐
にかけて夕ごはんに。

「傘をさしかけるより一緒に濡れて」

なすすべなく泣くよりほかなき吾のままを受け止め濡れし九十の母　（二〇一五年五月）

黙々と働く二男を見て私も奮い立ったり、二男特製のお菓子にほっとしたり、畑や花壇作りに時を忘れたり、長男家族と交流したり家族会へ参加したりして、一日一日をやり過ごしました。「あの人は、前はあんなふうに思って行動していた」と、その感性やものの見方を思い出して、今の姿は本当じゃないと打ち消そうとしました。

それでもこれから先を考えるとどうしようもなくなって、電話で母の声を求めてしまいました。途方に暮れる私の声を母は黙って聴いてくれました。「辛いなあ。なんにも役に立てんで済まないなあ」と言いながら、一緒に辛さを持ってくれました。

私は楽になりました。高森信子さんの本にあったように、「傘」という物を与えてもらうより「一緒に辛さの雨に濡れてもらう」方が、どんなに温かいか。やり場もなくごまかしようもない私の心を、どんなに和らげて、立ち上がってみようという気持ちにさせてくれたことか。そんな繰り返しを、母は三年もしてくれました。

一方二男は、「一人で留守番するおばあちゃんの助けになろう」というきっかけから、二年目の秋には兄以外の家にも行けるようになりました。このことも、母が二男にくれた手紙の揺れた文字たちも、母のふるまいも、二男と私には安心できる居場所でした。またそのような配慮をしてくれた姉たち夫婦でした。

二男は母の誕生日や年末に、カードを添えた手作りの和菓子や超でかいスケジュール帳（母の手でも書けるようにと探してくれた）を持って行きました。母はそこへ、毎日千歩を目指して足踏みした数を記しました。つながりの糸が、兄家族から一歩広がりました。この糸も回復の大きな支えになりました。

九五歳になった母は、今は認知症が進んでいます。五分も経たないうちに忘れてしまいますが、会いに行くと、私たちのことは分かってくれます。「いいことも悪いこともみんな忘れてしもたわ」と言った後、今度は自分の頭を指さして「スッカラカンになってしもて……」と続けます。ニコニコして。

私は嬉しくなります。生きているだけでもうけもの。

姉が言います。「おばあちゃんの生き方って『気は長く　心は丸く　腹立てず　口慎めば命長かれ』なんやなあ」と。……腹の立つことをしてきた娘の私としては、ごめんなさい。

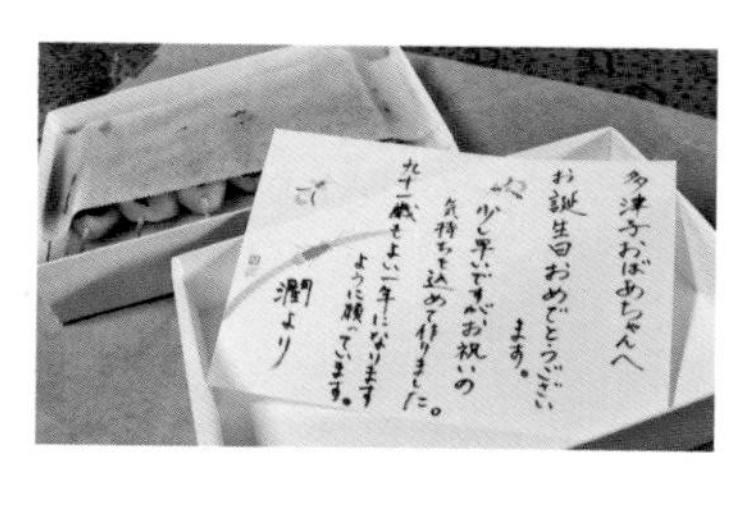

伊賀のおばあちゃん(母)は、6/9が誕生日。90才になる。
潤が何かを贈ろうと考えていた。
あれこれ考え、"水まんじゅうを作って、食べてもらおう"
ということにしたらしい。

well done
おかえり
14.6.5(木)

水まんじゅうが
幸せを広げて

それは、ケーキより年寄りには食べ易いだろうし、ひんやりつるんとして喜ぶだろうと思ったと言う。

きのうのジムの帰りに、回り道して食材を買った。それから夜に試作した。

今日は、朝から作って冷やしていた。試作で学んだことを生かしたので、うまくできた。

伊賀へ着いた。

おばあちゃんがリボンをほどき、メッセージを読んで開けた。トロンとした思いもかけぬ和菓子に喜んだ。

姉の声が、仏さんから聞こえた。

「おじいちゃん、眞知子と潤が来てくれたで。潤がこれを作ってきてくれたんやで」

私は、水まんじゅうが次から次へと幸せを広げてくれるように思った。

俊郎が用意してくれた物(湯がいた竹の子、ワラビ、朝から雨の中とってくれた山百合)、潤が用意してくれた物(お誕生プレゼント、エンドウのパリパリ漬、新ジャガ)。

私が用意した物(トウモロコシ苗と、初ものキュウリ)。

おばあちゃん達は、水まんじゅうを食べながら、潤の話を聞いてくれた。潤がしている活動を見て知っているので尋ねてくれた。

「三人が、それぞれの思いを込めて用意してくれたのを、いただいたなあ…」

と、姉が言った。おばあちゃん!いい一日やった?(私らは、いい一日やったよ。)

なかむら夕陽日報　14・6・5（木）

伊賀のおばあちゃん（母）は6月9日が誕生日。90才になる。潤が何かを贈ろうと考えていた。あれこれ考え〝水まんじゅうを作って食べてもらおう〟ということにしたらしい。それは、ケーキより年寄りには食べ易いだろうし、ひんやりつるんとして喜ぶだろうと思ったという。きのうのジムの帰りに、回り道して食材を買った。それから夜に試作した。今日は朝から作って冷やしていた。試作で学んだことを生かしたのでうまくできた。

伊賀へ着いた。おばあちゃんがリボンをほどき、メッセージを読んで開けた。トロンとした思いもかけぬ和菓子に喜んだ。姉の声が、仏さんから聞こえた。「おじいちゃん、眞知子と潤が来てくれたで。潤がこれを作ってきてくれたんやで」私は、水まんじゅうが次から次へと幸せを広げてくれるように思った。おばあちゃん達は水まんじゅうを食べながら潤の話を聞いてくれた。潤がしている活動を見て知っているので尋ねてくれた。「三人が、それぞれの想いを込めて用意してくれたのをいただいたなあ……」と、姉が言った。

長男の大きな支え

別に住む長男は、絶えず私の羅針盤になってくれました。弟の病気とその対応について、父の病気とその対応について、複数の考えや対処を提示しながら、弟や父と同居している母であり妻である私が、ものの見方や考え方を選べるようにしてくれたのです。対処法はそこから生まれてきますから。

弟への対応は、病院選びの下見に始まり、病院への同室(当初は父母と兄が診察を共有)、服薬のこと、病状に対する家族の構え、今はどんな力が必要でどんな見通しを持って育んでいくかなどを、現状を踏まえて丁寧に教えてくれました。「僕は一緒に住んでいないから言えるんさぁ」と笑いながら。そう言いながらこっそりと精神保健福祉士の資格をとってくれていました。

父との対応は、その前に夫婦という問題があるので一歩引いていました。私も長男に介入してもらうのは、今までの良い親子関係まで壊してしまうし、これ以上の世話はかけられないと思いました。けれどももうぎりぎりになって、長男に電話口で吐いてしまいました。「『私のためにも入院して』と喉まで出てるけど、この言葉を夫婦として突き詰めたら私のエゴや。そうやからお父さんには通じないと思う。昔も今もずうっと心に置いている子からの言葉やったら……」と。

仕事を終えて来てくれた長男は、父親が聞ける状態になるまで待って、「あなたの子」としての思いや願いを伝えてくれました。夫は二人の子をいつも大切に思っていましたから、耳を傾けました。夫は覚えてないと言いますが、そのことが大きく入院につながったと私は思っています。長男は、「平常は（側にいるのは母だから）母を援助する位置で、いざというときには子の立場で言葉を届ける」というわきまえを持っていたのだと気づきました。

長男夫婦は、中一になったばかりの下の子（上の子は家を離れたので）を連れて、夫の病院まで見舞に来てくれました。私はびっくりしたのですが、大事なことは子どもたちと共有するという、二男のときと同じスタンスでした。長男の妻も同じ考えでした。だから二男の帰郷直後から、こちらの状況や気持ちを確かめたうえで、今まで通りの自然な形――四人揃って我が家を訪ねてくれたのです。また、四人揃って私たちを温かく招き入れてくれました。

夫は入院直後、長男とともに訪ねた私に「何もかも調べられて、こんなところへ入っていられるか。すぐに出せ！」と怒鳴りました。私が初めて発した「あなたの行くところはここ以外どこにもない!!　治すまでは帰ってもらいたくない!!」の強い語調に、夫は黙ってしまいました。長男も初めて見た母の姿だったでしょう。

夫は一番苦しい時を乗り越えてくれました。杉と檜の区別もつかない状態までなってしまったことを思い出し、病院内の広い庭の草木や花々を写真に撮り名前を調べ始めました。次は院外へと体を動かしました。調べた数は一九八種類。看護師さんや患者さんたちと仲良くなっていきました。内観（治療の最終段階）を終えて退院も間近な頃、散歩をしながら交わした言葉は忘れてしまいましたが、その情景は焼き付いています。元のあの人が帰ってきました。

けれども喜びは束の間、希死念慮にとらわれるようになった夫は、別の病名が付き再入院になってしまいました。断酒会三重大会での発表日が迫っています。まだ面会も電話もできなかった私は、夫の気質や思い（既に準備はした。頼まれた責任は果たしたい。それができないのならば一刻も早く運営者に知らせ迷惑をかけない）を考えると、きちんと主治医から可否を聞いて、運営者に連絡したいと考えました。代役が可能か、代読でもいいのか、分かれば夫の気がかりも少なくなるでしょう。看護師さんに何度も主治医への連絡を頼みましたが、何度待っても返答はありませんでした。

そのうちに、薬が増え副作用も手伝い、読み書きや歩くことさえおぼつかなくなっていきました。長年ともに暮らしてきた私は、「離脱の反動が夫の気質と相まって強く表れたということはないのですか？　離脱症状の一つではありませんか？」と、主治医からの経過説明時に勇気を出して尋ねてみました。専門家の診断・現治療に間違いないとの返答でした。

患者や家族の声に耳を傾けない精神科医に疑問を持ち始めました。体がおぼつかないのに、期限がきたかのように退院を告げられました。これからの自宅生活の危うさを思うと、主治医が言う治療効果や見通しと、この現状とのギャップに納得がいきませんでした。私は長男の的確な助言を得て、ポケットにボイスレコーダーを忍ばせて、三度目の主治医との面談に臨みました。折れずに最後まで向き合えたのは、ポケットで握りしめた長男の分身、ボイスレコーダーのおかげでした。結論は、主治医を変えるという判断です。

子どもの力ってやわらかい

長男家族、特に子どもたちとの関わりは、二男の初期のゆっくりした（年単位、あるいはそれ以上かかる）回復に、やわらかい光を当ててくれました。当時は中学二年生と小学二年生の甥っ子たちでした。

自家菜園でとれた野菜や山の幸を届ける場で、手作りのお菓子やカードを手渡す場で、我が家の収穫

祭の場で、山登りの場で、甥っ子の運動会や発表会の場で、互いの誕生日を祝う場で……さまざまな場が、誘い誘われるという嬉しい気持ちを育ててくれたように思いました。

長男夫婦のさりげない子どもたちへの助言によって、いっそうゆるくて温かい場（判断も否定もない居場所）が生まれていきました。このような交歓の場を経たからこそ、二男の回復の兆しが生み出されたのだと思います。

二男は、甥っ子たちの真っ直ぐなリアクションが嬉しかったのに違いありません。迎えるにあたって、どんなことをしたら喜ぶだろうか？　どんなメニューにしようか？　などと工夫していきました。私も孫の反応を想像すると面白くなって、一緒に作りました。

『夕陽日報』を綴ることが日課になり、これら孫たちと二男のシーンを思い起こしながらスケッチブックに向かう夜は、ひとりでに笑えてくる幸せな時で

お正月に来てください！

した。

　やっと顎が出るぐらいの調理台で、二男と並び「鬼まんじゅう」を作っていた小さな甥っ子が、やがて中学生になり、彼のドラムと、少しずつ回復して再び音楽を取り戻した二男のピアノとが皆さんの前でコラボするなんて、それを私たちが見聞きできるなんて、夢にも思いませんでした。

　二男はまず父母と兄を受け入れてくれました。次に心を開いたのは、兄夫婦の子どもたちです。彼らのやわらかな横糸を織り込んで、二男は自分という布（自分とは他者との関係で見つけられるものだと実感）を少しずつ織り始めました。自分の家以外にも、小さいけれど安心して長く居られる社会ができ始めました。

<鬼まんじゅう作り>

なかむら夕陽日報　13・11・3（日）

なんといっても、お天気をほめてあげなくちゃ!!　今年は姿良しのおいしそうなおいもがたくさん取れた。●●は招待状を持ってやって来てくれた。嬉しかったな。いい収穫祭だった。雨がまだ来ないので兄ちゃんファミリーが帰ってから私はキャベツ畑に苗を植えた。潤はおいも畑の後片づけをしてくれた。

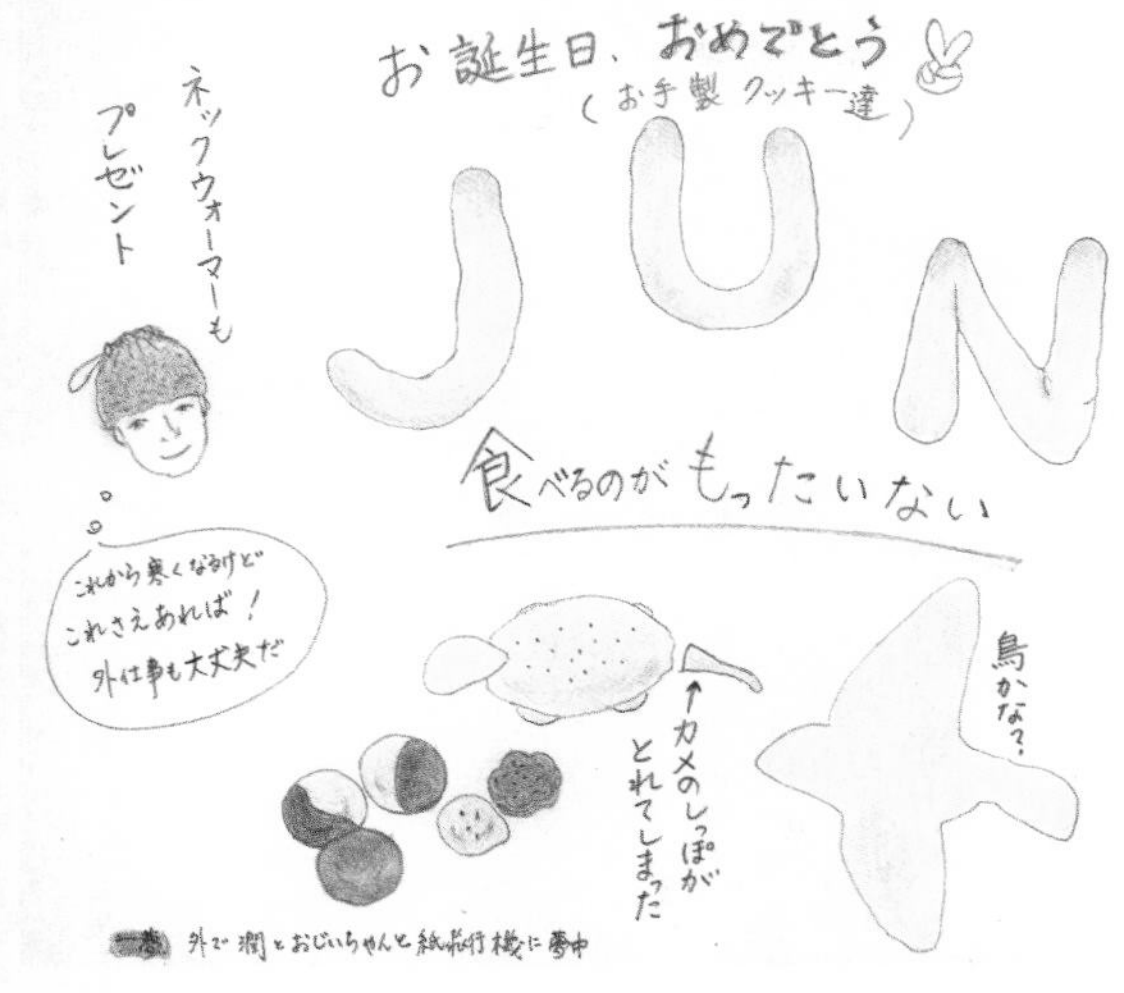

なかむら
夕陽日報
'13. 11. 30
(土)

朝は、昨日程でない
冷え込んだ。けれど、
俊郎・潤は谷東で仕事だ。
午前中に買い出しだが、潤
行くと帰宅すると、タイミング良
竜樹からのTel. 午後に来る
いう。
潤の誕生日プレゼントを
たずさえて!!

縦の糸、横の糸

三重の病院とつながれるようになってから、私たちはさまざまな人と出会うことになります。

1 医療の中で

主治医は、当時の病院長H先生でした。H先生は、先駆的な精神科のチーム医療を推し進めておられるドクターで、他県からもたくさんの人が見学に来ていました。二男の調子がいいときは、丁寧に向き合って、多くの時間をかけて尋ねていきます。二男がぽつんと発した単語からさらに適切な質問をされて、もつれている糸を解くように二男に返します。二男は改めて考えて答えます。聞いてくれる人だな、いい加減な返事はできないなと二男は思ったでしょう。調子の悪いときは、今日は辞めましょう、と私たちを帰します。

後になって二男は、緊張したと言っていました。慎重でありながら大胆に見極め、当事者に添いながら厳しくもあるドクターだったと思います。過去形で書いたのは、H先生はご自身の病気を押して診てくださり、お亡くなりになる直前までの二年近くお世話になりました。私たち家族に治療への道筋を示して下さった院長先生に、お礼の言葉も伝えることができませんでした。

二週間に一度の診察日は、長男も参加を希望してくれて親子四人で受けていましたので、診察室にはケースワーカーの足立さんも含めて六名が治療の共有をすることになりました。私は何も知らなかったので驚きました。けれども毎日のように起こる不安定な病症を受け止めきれない私の不安や問いに対して、足立さんが辛抱強く受け止めてくれました。単に医者と患者をつなぐだけでなく、チーム医療の要になって私たち家族に希望を持たせてくれました。

プロの目で、何もかもおぼつかなく対人関係が結べなくなった二男でもやれそうな場や役割を考えてくれました。それは「フレンズ」という自主学習の場で、学校へ行けない女子高生（洗われるような目をしていました）の英語の勉強をみるという内容です。

二男は役に立てるのが嬉しいのか、素敵な女の子（？）に会えるからか、家から津までの片道を、自転車で一時間、JRで四五分、駅から登り坂を歩いて一時間の距離を一人で行くようになります。山あり谷ありの田舎道を漕いで体

力がついていきました。自転車と徒歩のスピードは、変わりゆく自然や生活の匂いや佇まいなどと対話する機会を作ってくれました。

週に一回のこの活動は、次第に二男の楽しみや励みになっていきました。二年間続けられた経験は彼の大きな財産です。

今日の日を終えて揺られて無人駅「お帰り」と言おう月と一緒に

（二〇一三年八月）

道端の夾竹桃の花は赤　君受け止めしほのかな愛を

（二〇一四年七月）

足立さんはこれより前に、遠い田舎の我が家まで訪問看護に来てくれました。二男は、今自分がしていることを見てもらおうと、足立さんを作業場へ案内しました。山から切り出した雑木や檜を、薪ストーブの薪や焚き付け用材に割ったり乾かしたりする大きなガレージです。

夫が退職後にしたかったことを、二男も一緒に始めました。二男は斧で割った薪を積み重ね、二年後の冬（乾く期間）を待ちます。焚き付けには、火が付きやすく燃え尽きにくい檜を、細かく手ナタで割ります。

二男は夫のすることをまねるだけではなく、丁寧に薪を積み、焚き付け用材を割り、出来上がった幾十もの箱をきちんと並べていきました。仕事効率としてみると全くダメかもしれませんが、そこに優しくてコツコツと積み重ねる二男の心持ちを見ました。

足立さんが、ストーンガーデンと名付けた我が家の庭にあるストーンサークル（夫の発案で、孫たちがバーベキューを楽しめるように、石を運んで手作りしたもの）を見て、「院長に話したら、きっと羨ましがるだろうなあ」と言ってくれました。

作業療法士の藤井さんと出会ったのは、月

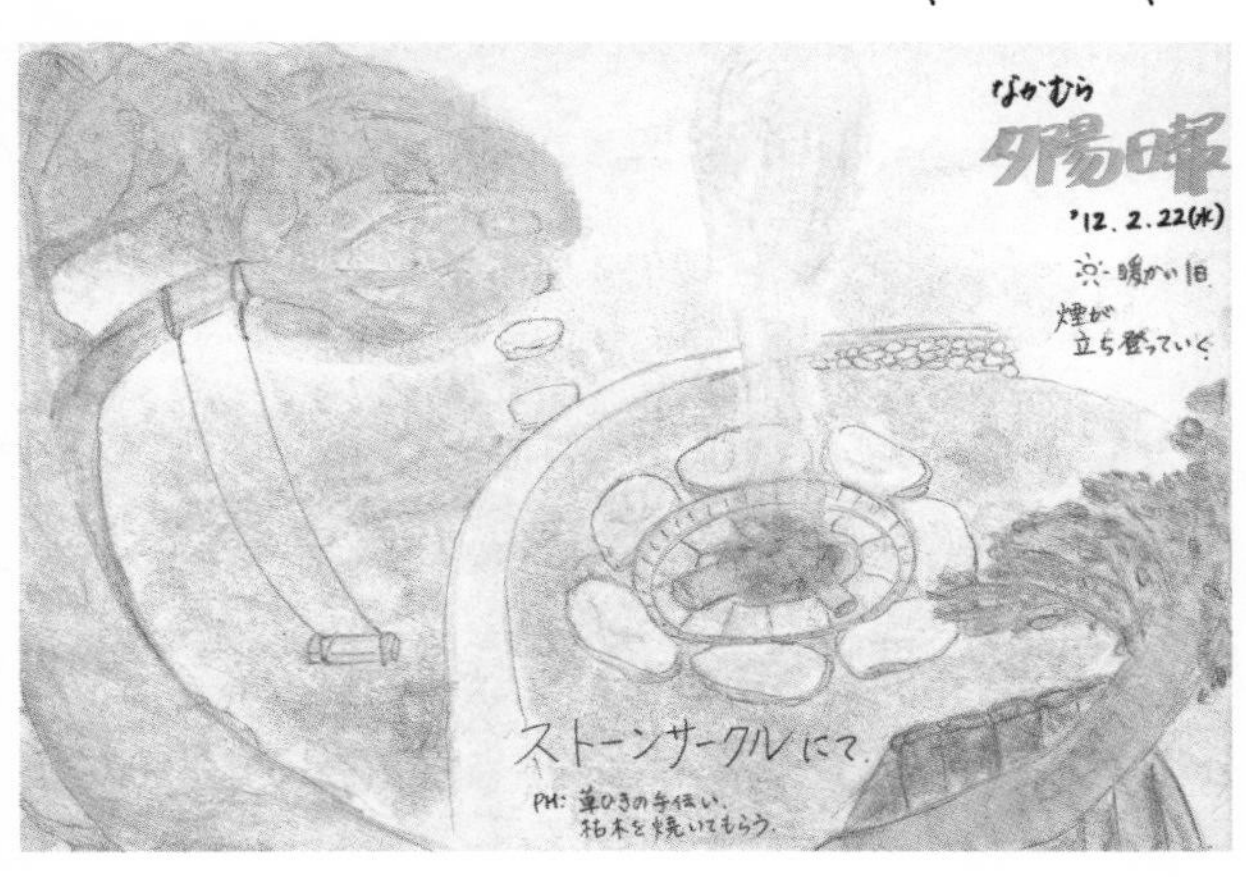

一回開催する家族会と並行して行われる当事者会「スマイル」と、先に書いた若者向けのデイサービス「フレンズ」でした。H院長が、他に先駆けて若者対象の早期治療を始められたのですが、その一環としての事業だったと思います。社会との距離に戸惑う二男たちを、作業を通して近づけようと考えてくれていました。一人は仲間のために、仲間は一人のためにというような温かい雰囲気がありました。

病院で開かれるお祭りに、メンバーも参加することになりました。一年目は、新美南吉の『手袋を買いに』という童話を紙芝居にしたものでした。みんなで書いた優しい色合いの作品が体育館に並んでいましたが、私は「それを持って子どもたちに読み聞かせに行く」というその後の行動に、もっと心打たれました。

二年目は、みんなで歌を歌うことになりました。二男に曲紹介と伴奏を頼むと聞いたとき、二男は人前で話せませんでしたし音楽というものを捨ててから全く接していませんでしたので、迷惑をかけないかと私は藤井さんに相談しました。

「配慮します。でも潤君は大丈夫だと思っています。僕は当日の出来栄えよりも当日までの過程を大事にしているので、リーダーの役目とかトラウマの音楽に向き合うことで、潤君が一つ乗り越えられることが大切だと思っています。そんな支援をしますのでいいでしょうか?」

電話の向こうで、藤井さんは明るく答えてくれました。

馬よ！　背よ！
時空を超えて朗らかに揺れてステップ踊れギャロップ
（初めての乗馬体験）

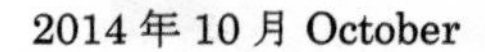

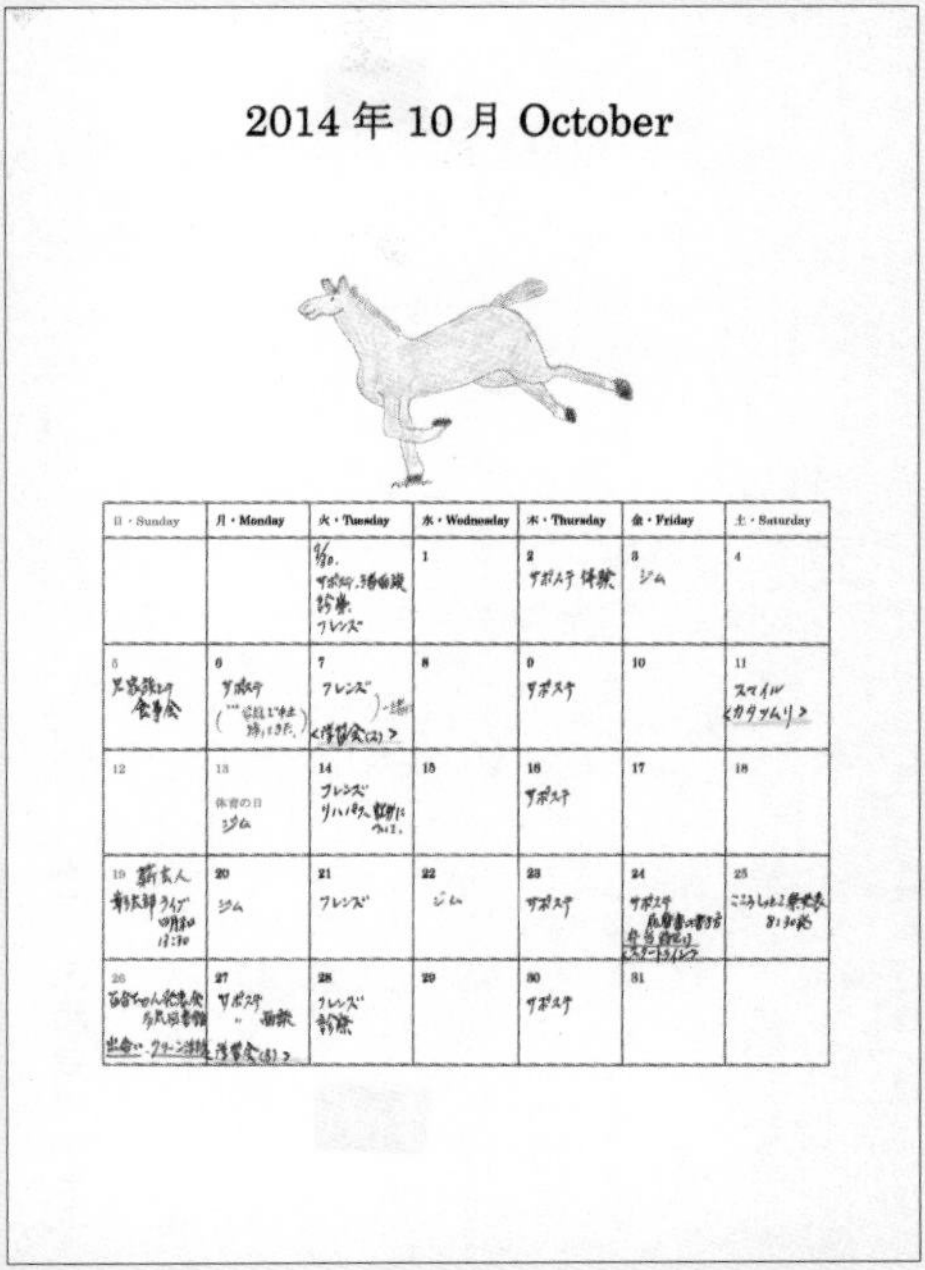

日・Sunday	月・Monday	火・Tuesday	水・Wednesday	木・Thursday	金・Friday	土・Saturday
		9/30. サポステ、[illegible] 診察. フレンズ	1	2 サポステ 体験	3 ジム	4
5 [illegible] 食事会	6 サポステ ([illegible])	7 フレンズ) 一緒 <学習会(2)>	8	9 サポステ	10	11 スマイル <カタツムリ>
12	13 体育の日 ジム	14 フレンズ リハパーク [illegible]	15	16 サポステ	17	18
19 [illegible] ライブ [illegible] 13:30	20 ジム	21 フレンズ	22 ジム	23 サポステ	24 サポステ [illegible] <スタートライン>	25 [illegible] 8:30発
26 [illegible]	27 サポステ 〃 面談 <学習会(3)>	28 フレンズ 診察	29	30 サポステ	31	

スマイルで作ったカレンダーを私にくれた。3人の予定を書いた。3年半前に「予定が何もなくなった」と言った空白のカレンダーに、予定が入った。潤が描いた馬は駆ける!!

2　家族会の中で

当初私は、「早期発見や早期治療ができなくて自分を責めて……」など心地よい言葉の鎧を着て、本当の自分を見ようとしていませんでした。心の底の方では人のせいにし、周りとの違いに閉じこもり、意味のない繰り言に長くとらわれていました。

事実は、息子から私へと多くのＳＯＳがあったのに、夫が言った「あいつはへこたれない」の言葉を信じたかったのです。母親のカンみたいな危機感を持ったのに、自分が病院へ連れて行かなかったのです。

「へこたれない」とは、言い換えれば「弱音を吐かない」ことでした。「弱音が吐けない」という意味も含みます。「あいつはへこたれない」の裏側に、「あいつは弱音を吐け

なかむら
夕陽日報
'13.1.13（日）

水面（みなも）の底に

俊郎、五木寛之の文章から三人の僧の違いを表す
次の句を教えてくれた。

二文字、一文字違えば、こんなにも違うんだ。

泥中に　ありて花咲く蓮華かな　源信
泥中に　あれど花咲く蓮華かな　法然
泥中に　あれば花咲く蓮華かな　親鸞

三つめはすごい!!
蓮華は、泥の中にあるので（居るからこそ）
あんなきれいな花が咲く。
泥の中だからこそ、本当の良さや美しさ、幸せが
生まれる。泥は、大切なものを育くむ栄養で、
時間をかけて育てていく――ということだろうか？
泣いていたら、笑いも添えて、
悲しみや辛さに打ちひしがれたら　それも、
食べてしまおう。

今日は、俊郎と眞知子は"家族ミーティング"へ、
潤は"スマイル"の会へ参加。

大きなものに身をゆだねてみようかな。

ない。自分から助けてと言えない」そんな二男がいたのです。

私のせいだったのだと、家族会への参加が重なるにつれて気づいていきました。でもストンと腑に落ちたのは、音楽を捨てた二男が四年目の夏に初めて作った歌詞の言葉からです。そのことは次のところで書きます。

家族会に参加していると、そんな私の泥沼が少しずつ澄んでいきました。澄んでくると本当の部分と泥の部分が少しずつ分かれて見えてきます。本来持っている自分が是とする部分にも気が付きます。笑顔で他者を気遣いながら話される皆さんには、多くの難題を抱えながら、何か大きなものに委ねて歩く明るさがありました。

「大きなものってあるのだろうか？」何かは分からないけれど、それに心を預けようと思

い始めました。
家族会で年二回持たれるＳＳＴ（社会生活技能訓練）という講座は、実践的です。相手と良い関係が結べるように、相手が動き易いように、自分の言動を見直します。目的に近づくために、今できそうな小さな目標を置きます。「やって見せ、言って聞かせてさせてみて、褒めてやらねば人は動かぬ」と、相手の思いを大事にしながら自分も伴走するのです。

講師として来てくださる同朋大学の吉田みゆき先生は、「側にいる人がホッとするような人になりたい」と言われましたが、まさにそのような方です。以前、緊張しながら大学での講座に初参加したときも、ゆっくりと話しかけながら課題を見えやすくしてくれました。相手の言うことを否定せずにまず認めてから、先の金言のように場を具体化していざなってくれます。いいところを褒めてくださるので、私もやってみようと心が動きます。

家族会も温かい雰囲気です。誰かの問題を自分ならば、と知恵を出し合いますが判断は個人です。介護者である家族も、患者と同様に理解されて次の一歩が出ます。そんなピア

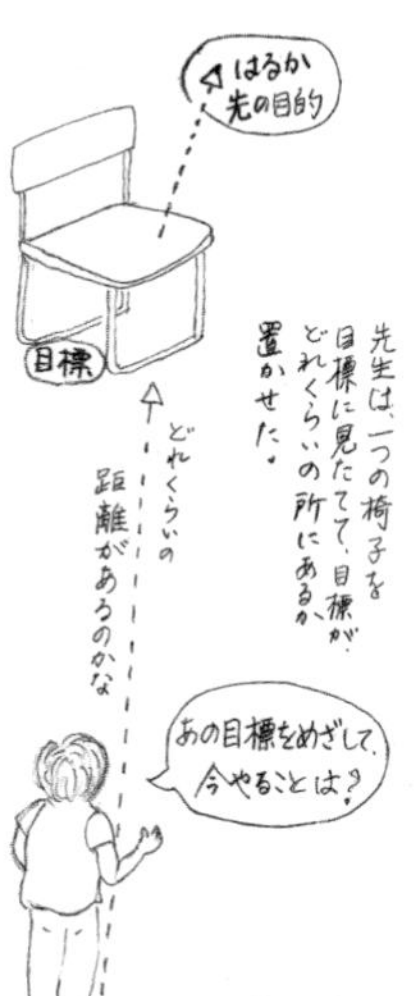

はるか先の目的
目標
先生は、一つの椅子を目標に見たてて、目標がどれくらいの所にあるか置かせた。
どれくらいの距離があるのかな
あの目標をめざして、今やることは？

サポートの場で私も救われ、病気について当事者側から見る目を知りました。このような会を創設してくださった方々に感謝します。

3 音楽療法士との出会い……そして新しい歌が

病院のデイケアを続けながら、二〇一四年に、二男は伊勢のサポートステーションに行こうと言い出しました。伊勢は初めてです。担当の山路さんはこちらの状態を把握して丁寧に接してくれました。帰郷当初にかつての思い出の地を訪れた際、二男はフリーズしたかのようになってしまったのですが、その場所での就労体験が入ってしまいました。気持ちの揺れを予想して事情を話したところ、作業療法士の藤井さんと同じように、危ないからやめるのではなく、クリアできるような助力をしてくれました。二男はサポステ終了後も山路さんに相談しました。

ジョブコーチの西川さんは、自身もバンドを組んで、さまざまな人たちと幅広く音楽交流をしています。西川さんが、二男を障がいを持つ人たちの音楽祭に誘ってくれました。音楽を聞きに行くのも大勢の中へ出るのも初めてのこと、私は、伊勢の高校へ通う甥っ子を誘って、二男の安心を増やしました。障がいを持つ彼らの音楽は、奔放で自由です。「どうだったのかなあ……」と隣に座る二男を窺う（うかがう）と、アンケート用紙には「まるでジャングルに迷い込んだようでワクワクしました」と書いてあります。縦横無尽でありながら共鳴し合う音たちを、こう表現しました。

その時の指導者で中心的な運営者である音楽療法士、吉田さんとやがてつながってい きます。「ライブスペース勢の！」という、健常者も障がい者も、老いも若きも、上手 下手も関係なく一堂に集まって音を楽しむ会を見に行くようになりました。西川さんや 吉田さんが二男に声をかけてくれたのでしょう。二男は、椅子並べを手伝い、発表を見 聞きしていきました。

次の年（二〇一五年）の夏でした。二男が呼びます。二階へ上がっていくと知らない曲 がプレーヤーから流れてきました。少し弱々しいけれど息子のやわらかい声です。 ちょっと笑って「できたんや」と言いました。私はすぐには飲み込めませんでした。 『自然と行進』という歌だと教えてくれました。静かに明るく流れる木琴の音色に、社 の森で風景に溶け込んでいた息子の姿がまず重なりました。歌が始まると、下河原の栃 林で、竹の子林で、奥屋敷の柿畑で、ガレージや西の納屋で……作業したり休んだりす る姿が、次々と浮かんできました。新しい息吹のような歌でした。

「♪……弱音が吐けぬ弱い自分が　確かな一歩を踏み出した……♪」

こんな歌詞が耳に入ったとき、ハッとしました。二男は自分自身を分かっていたのだ と思いました。だから「へこたれない子」だったのかと、今まで気づけなかった息子の 「悲しい強さ」に、私は胸打たれました。人はやせ我慢と言うけれど……。

しばらくして、二男は高校時代の友人を誘い練習して「ライブスペース勢の！」に出ていきました。やっと踏ん切りがついたのでしょうか、一一月、四年目にして自分のキーボードを買う決心をしました。山で出会った朋友のムササビ、取れたサツマイモをネズミから守る攻防、冬を超えて春を待つ花たち……二男の生活から歌が生まれていきました。

ユーモア一杯の吉田さんは、適切な距離感で接してくれます。もう一人のお父さんのように二男を見守り、相談に応じ、一緒に活動をしてくれています。判断ができずあれこれ迷う言動も、突拍子もない言動も、承知の如く個性として受け止めてくれたり流してくれたりします。

夫が翌二〇一六年から、先に書いたように入院に入りますが、その年に再入院し、次の二〇一七年には癌の手術、翌年に再発という厳しい状況を一つずつ超えてこられたのも、吉田さんに導かれながら二男が再出発――いいえ新たに出発していく音楽活動を、夫自身も見に行きたいという願いがあったからだと思うのです。

繭を破った二男は、病前に戻るのではなく、別の蝶になっていくようです。だからこそ必要なのは、夫や吉田さんのような自由な愛だと思うのですが、どうも私の方は、縛る愛？（こうなったら愛とは言いませんね）のようです。

なかむら
夕陽日報
'13.5.5
（日）

五月晴の日に

畑でショウガを植えていたら、
俊郎から電話が来た。
山で木を切ってたら、ムササビが来た
と言う。
「潤に見に来るよう伝えて!!」
潤が、急ぎ自転車で宮南の山へ行った。
まだ木に止まっていたんだって。
歩いていても、話していても、
休憩してミカン食べてても、
チェンソーを使っても、
じっとしている（30分も）
こちらを見た顔は、
チンクシャだって。
会いたかったなあ
私も…
←（こんなかな？）

この前、道で見た
サルかな。裏の家の
玉ねぎをひっこ抜いて
食べて行ったんだって。
うちの畑にも来るかなあ。
お天気を見て、早生を急
いで収穫した。
さお竹に吊れるよう
にしてもらった。
けれど、晩生や紫
玉ねぎは、まだ畑の中。
心配だなあ。

アバヨ！

スカッとした青空。
夏野菜の植えつけが続く。けれど
キュウリとバナナウリの苗がダメになった。
なぜか？ 水はけのせい？ 肥料に当たった？
根切り虫がかじった？？（～かなクリ～）
気をとり直して、再挑戦！

なかむら夕陽日報　13・5・5（日）

畑でショウガを植えていたら、俊郎から電話が来た。山で木を切ってたら、ムササビが来たという。

「潤に見に来るように伝えて!!」

潤が急ぎ自転車で宮南の山へ行った。

まだ木に止まっていたんだって。歩いていても、話していても、休憩してミカン食べてても、チェンソーを使っても、じっとしている（30分も）。

こちらを見た顔はチンクシャだって。会いたかったなあ私も……。

この前、道で見たサルかな。裏の家の玉ねぎをひっこ抜いて食べて行ったんだって。

うちの畑にも来るかなあ。お天気を見て早生を急いで収穫した。さお竹に吊れるようにしてもらった。

けれど、晩生や紫玉ねぎはまだ畑の中。心配だなあ。

4　ピクセルとラボの仲間

二男が病後最初の仕事(週三日フルタイム)を辞めた後は、朝出かけて夕方戻るといった定期的に通える場がなくなってしまいました。再び仕事を探す力もなく、生活習慣も乱れてきます。たまたまハローワークで知った訓練に行くことを、長男と一緒に勧めました。迷い迷いの決断でしたが、翌二〇一六年の正月が明けてからの三カ月間に、面白い体験をすることになりました。

二男が受けたのは、ハローワークの求職者支援訓練(「ピクセル」でのパソコン技能訓練)です。同期生は二人のお姉さままでです。先生は正司先生。まだまだ話せない二男は、その中で黙って勉強をして隅っこで弁当を食べていたらしいのですが、お姉さまたちは優しく構ってくれていました。というのは終了に近づくにつれ、頻繁にメールを交わしているからです。気になって聞いてみました。すると若い方のお姉さまの発案で、卒業の日に渡したい、先生へのサプライズを制作中だと言うのです。お礼のプレゼント、DVDについての連絡をし合っていました。出演者はこの四名と特別出演の校長先生。でも正司先生は盗み撮りされての出演です。校長先生に悟空役を頼んで「かめはめ波」シーンを撮ったこと。その間、正司先生が部屋から出ないように、しとやかな年長のお姉さまはあれやこれやと四苦八苦して話題を絞り出していたとのこと、などを話してくれました。

私は面白く聞きました。最後のシーンには二男が作詞作曲した先生のテーマソングが流れるのだそうです。びっくりです。よくぞ二人のお姉さまは、物言わぬ息子にうまく関わってくれました。

仕事を探す気力のなかった二男が、ピクセルを終えた勢いで、病気を明かさず二つ目の就職を探しました。木に心ひかれて、また三カ月のトライアルで正規雇用というシステムに一念発起し、額縁屋さんを選びますが、今度はフルタイムな上に、春秋には褒章の発注で忙しくなり土曜も休めません。折しも採用が決まったのは春でした。かなり頑張ったと思いますが表情が変わってきました。まだまだ二男は、相方と息を合わせたり手早く作業したりする力を取り戻せていないのですから。

ひと月後腰痛で伊勢の整形病院へ入ります。当時は夫も津で入院していましたから、間に住む私は北へ五〇キロ、東へ二〇キロと二つの病院を行き来しました。保険手続き等の会社との緊急対応は、回復期の夫と連絡を取りながら会社へ走りました。退院までが長引くと聞き、二男の避難場所にならないようにと事情を話して退院させてもらいました。綱渡りでしたがホッとしました。

一方、入院時の二男はかなりくじけて弱々しく、仕事の限界を感じていたようです。退院後も行けなくなり辞職を決めました。夫の入院中のあっという間の出来事でした。しかし、病院へ逃げる判断も退職判断も、二男の本能的措置（?）で、再発を自ら防いだのかもしれません。そして……

後から分かったのですが、あのドサクサの入院中に歌を作ったというのです。その曲は『ぶきっちょブギブギ』。「♪……何を言われても鈍感鈍感、余った材料でトンカントンカン、懸賞当たれと投函投函、のんびりしすぎたあかんあかん……♪」とダジャレた歌詞が続きます。自虐的?と思いましたが、二男の底にある明るさとも取れます。親の気も知らないでと腹も立ちますが、笑えます。

このように、緊張状態を強いられたときや大事なことは、他者に（家族にも）話せなくなります。心の中を表現できません。主治医に教わった「お願いやお断り」が言えるようになれたらなあ……。コミュニケーション能力や、生活技能訓練の必要性を感じました。そこでオープンしたばかりのミューズラボ（就労移行支援事業所）にたどり着きます。

当初、二男にはなぜここに行くのか分からなかったと思いますが、通うにつれて居場所のようになっていきました。スタッフと利用者がともに生活するといった雰囲気で、利用者の提案を取り上げてみんなでやろうというところが、二男に合ったのだと思います。言われたことをさせられるよりも、自分のしたいことを見つけて実行するのは大変ですが、二男は少しずつ積極的に参加し、意思を表明するようになっていきました。

ラボの仲間に自作の歌まで合唱してもらうようになったり、まだ掛かっていない看板をみんなで手作りする際には、材料を家から運んだり、絵の得意な子を中心にシャッターアートをしたり、習字や絵手紙（病気の父宛）を書いたり、料理をしたり、外部の人を招くオープンラボで活動を紹介したり、個別活動とともに、仲間でやることも重視していました。自立と協力、共生は、どんな小さな社会の単位でも大切な力です。

入院が続く夫に代わり一人でやってくれるようになった田んぼの草刈りで、横七〇メートルの斜面の畔の方が、写真のようなアートになっていたのも、そんな二男の心持ちを表しているようで、私も楽しかったです。（「お母さん、あれ、あれ」と指さす先が、ロサンゼルスのＨＯＬＬＹＷＯＯＤもどき化していたので、さすがにたまげましたが）

けれどもいいことばかりではありません。ラボにはかなりの強者もいて、その強烈な個性をまともに受けることもあります。長時間クールダウンをしなければ家に帰れず、そのうちに二男も負けまいと相手に突っかかったり、そのストレスを私にぶつけたりするようになりました。入所から就労後の定着支援まで継続してお世話になる南さんを窓口に、見守りや対処の連携をとっていきました。

私の終活

二男は、三二歳の遅い発症です。音楽活動にウェイトを置きつつも生活のための仕事を長くしていましたので、今まで体にしみ込んだ記憶がいい意味で作用する場合もありますが、逆に邪魔をして自分の力が見えなかったり、現状がなかなか理解できなかったりする面があります。だから病識を持つこと、病気を受け入れて自分に合った仕事を探すという納得も、し難いものでした。二度の仕事体験や続かなかったという失敗経験と、就労移行支援事業所の仲間と過ごした喜怒哀楽の体験で、二男は自身の病気について少しずつ分かっていきました。持ちこたえられる仕事や人間関係の量が分かってきました。厳しい社会を歩いてきた利用者と交わるにつれて、差別や偏見という問題を感じ取っていきました。この最後の問題が、厳しいです。

二男が持っている優しい資質（「心の産毛」と中井久夫精神科医が著書の中で表現）をすり減らさないために、多くの部分、最後の部分では、障がいを持っていない私（私たち）が、大きな心で受け止め理解し、まず変わっていかなければならないと思いました。受け止めてみると、私にも新しい豊かな世界が展開するのですから。彼らの「心の産毛」に病気でない私たちの多くが癒されるのですから。互いの心にゆとりや遊びや想像力がなくなると、勝ち負け、有り無し、正負、介入、ソンタクなどの力関係が生まれてきて、ケンカや差別・偏見、自虐、やっかみ、探り合い……もう大変になってきます。

親が子に残せるものは死んでから渡す遺産ではないと、この頃思ってきました。もう少し生かされている間に、祈りのように伝えること。それは、これまで多くの理解者に支えられてここまで来られたということを、二男に感じてもらうこと。制度の支援を受けながらの三度目の仕事への息子のチャレンジを、社長さんや会社の人、音楽を通じて生まれた友人など新たな理解者が加わって支えてくれています。きっと親亡き後もこのような人たちに支えられるだろうし、もしかしたら誰かの手助けをしているかもしれません。

先日ラジオから『かなりや（歌を忘れたカナリヤ）』という童謡が流れてきました。

歌を忘れたカナリヤは　後ろの山に棄てましょか　いえいえそれはなりませぬ
歌を忘れたカナリヤは　背戸の小藪に埋(い)けましょか　いえいえそれはなりませぬ
歌を忘れたカナリヤは　柳のむちでぶちましょか　いえいえそれはかわいそう
歌を忘れたカナリヤは　象牙の船に銀の櫂(かい)　月夜の海に浮かべれば　忘れた歌を思い出す

聞いているうちに、二男が音楽を捨てた八年前にも、ラジオでこの歌を聞いたなあ……と、思い出してきました。

その時は、拠り所としてきた大事なものを同時に失い病気になってしまった二男と重なって、この歌はとても残酷に響きました。切り捨ての論理は否定するものの、カナリヤを助けずに一人放り出す試練を与えることに、困惑と恨みのような感情を持ったことや、本当にカナリヤは再び歌うのだろうか、歌うことの喜びを思い出したら苦しさも付いてくるのでは……、などの疑問や悶々とした思いも蘇ってきました。

でも今は違って聞こえます。

「穏やかな月夜の海を素敵な舟に乗せて揺らしてあげたなら、目覚めたカナリヤは一人で漕ぎ出していくと思う。銀の櫂を光らせて、新しい歌（本当に大切なもの）を、自分で見つけていくんだよ。外海に出たカナリヤが歌い続けられるように、安心で温かい港や見守り人（びと）が必要なんだ」と言っているように思いました。

私たちは、四人五脚でこれまでの長い日々を歩いてきました。これからの道のりを思うと、「やっていけるのだろうか?」なのですが、だからこそ今日を歩くしかありません。そうしたら後ろに道ができる。そんなふうに思うことが希望かもしれないなあ……。

それでは夫にバトンを渡しましょう。

最終原稿が私の手元から離れたとき　「母の章」は前のページで終わっていた　物語の始まりの絵（四人五脚）だけ載せて　ここからは空白（一休み）にしたかった
でもそんなふうには　まったく　まったく終われなくて
大きくて　重たい問題が　またすぐにやってきた
夫の命を縮めてしまう新たな依存と
二男の就労困難という不適応と
対処するほど振り回されてしまう私のまずい悪あがき

――私の体が悲鳴をあげたそのときに　夫は私に手紙をくれました*
――硬く干からびた心の根っこが　ゆっくりほどけて　いきました

チグハグに引っ張り合った五脚の紐が　互いの痛みに食い込む前に
やわらかく　だけどしっかりと結び直そう
それから　一、二、と歩幅を合わせよう
物語はリピートも　リセットもしないのだから
手遅れの不安も　何とかなるさの楽観もない
大丈夫！　いつもここから　再出発

何をしたら　そして何をしなかったら　良いあがきに　？
＊一八七ページ「終わりに」に記載

父からの章

道

「僕の前に道はない　僕の後ろに道ができる」
という
「歩いたあとが道になる人」
という

ああ　絶望の淵に沈んでいても
何という輝かしい希望だろう

迷路　行き止まり　前が見えず
横に　斜めにそれ　はたまた
後ろにもどり
大きな不安でとまどっていても
人が通ったあとを辿っていなくても

それが人のための道になるとは
何と明るい希望だろう

朝の微光の中に

今日と同じように　また
明日が来るなどとは　思わないでおこう
僕の心のスイッチひとつで
世界は壊れ
人々は死ぬかもしれないのだ

しかし
今日と同じようにまた
明日がつづくように　努力はしよう
僕の心のスイッチひとつが
世界につながり
人々は生きられるかもしれないのだ

朝顔は　明日の朝も　明るく咲こうとしている
飼い犬は体を伸ばしてかわいたあくびをするだろう
その朝の微光の中に
人がいなければならない

君の目と耳と心で

君は　見たことがあるか
夜の　川底の　えびの
ルビーの目を

君は　見たことがあるか
山の　谷の　岸辺の
小枝のつぶやきを

君は　見たことがあるか
夏の　川面の　カワセミの
心のふるえを

君は見たことがあるか

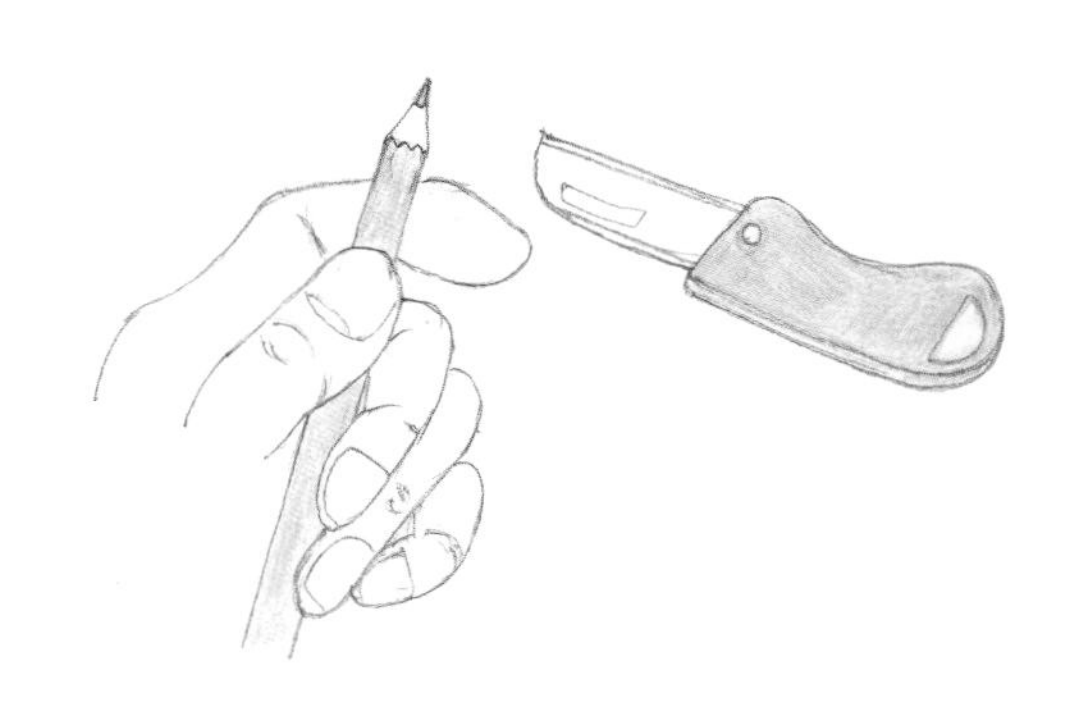

夢の　国の　子らの
底抜けの歓声を
君の　目と耳と心で

海よ　わたしは

あなたからは　獲るばかりで
とてもあなたは豊かだから
あなたの悲鳴は聞こえてこない

「海の悲鳴がきこえてくる！」

いいえ　それは　わたしの悲鳴
あなたを思うわたしの片思いに似て
わたしはわたしの中のあなたを思っているだけ
あなたに指一本触れることもなく……

恵まれていることに　甘え

あなたのそばに　おられることが
快く　そわそわ　わくわく　どきどきで
〃ひからびてしまわないで　あなた〃と祈っている
豊かなあなたのためにではなく……

表現宣言——ことば遊び——

河井寛次郎の言葉を借りれば、「すべてのものは自分の表現」こうまで達観されるともう、どんな言葉の表現も二番煎じどころか出し殻の無用物。それでもあえて言い表さねばならぬのがあやふやな決意。

線で、面で、形で、色で、量で、材質で、空間で、声で、音で、体で、動きで、表情で、衣装で、心象を、思想を、感情を、感覚を心理を、生理を意識を、意志を、無意識さえをも、表現せずにいられないのが、人間の本能だろう。

創造的な人間など、教育はめざさなくていい。人間は創造的なのだ。むしろ、創造して暇つぶしをしなければ、その退屈な、どれだけか計り知れない自らの生の時間を、もてあましてしまうのだ。木ぎれや石くれ、草木や花鳥風月などのように、何もしなくても、それ自らを表現し尽くしているものもあるのに。人は、何もしないでは、生きてもいられないのだ。生きているだけで表現しているのに、表現しなければ、表現しているると、安心できないのだ。

実に、人それぞれにとって、それが有意義であろうと、無意味であろうと、生活であろうと、趣味であろうと、必要であろうと、娯楽であろうと、生きていることが（意図的でなくても）表現への希求であり、表現なのだ。今ここに、意図して決意する「ことば遊び」も、実に、この表現への限りない希求であり、表現なのだ。二番煎じであり、出し殻であるとしても、新陳代謝して、新しく生まれ出てきたものが、（古いものより劣性であるとしても）用済みとなって、死滅してしまうまでの、計り知れない、おそろしい生の退屈に対して、果敢に挑もうとする、むなしい表現なのだ。

むなしいというのは、目に見える色でも形でも動きでもなく、耳に聞こえるリズムでもメロディーでもなく、あやふやな心から出て、つたないことばを媒介に、これまた、もっとあやふやな他人の心に訴えようとする試みだからである。そして、もちろん、その表現は、自分にとっても、他人にとっても、生きる足しになることはない。むしろ、それは、無意味な積み重ねであるかもしれないし、あふれている無用物の更なる拡散物であるかもしれないし、不快な、むしろ、病的で不健康な、絵に描いたビールスであるかもしれない。

ということでは、しかし、もっともむなしく、だから、人の生のよりどころのない退屈さに匹敵するほどさびしい、表現の決意なのだ。

「ことば遊び」

月

銀のしずくのような
あおいガラスのかなしみ
夢見る少女のロマンでもなく
センチなあわい吐息でもなく
かわいたガラスのつめたさ
光のねつも透(すか)し
氷の痛みも透し
銀河からふりそそぐ
あおい雪のかなしみ
白く白くなるあお
やさしくやさしくなるかなしみ

いかりの刃(やいば)も

棘々しい悪意も
ウラギリやシットさえも
願いのような銀にとかし
鈴の音(ね)でもおちてきそうな
月

恋

静かな心でいたい
そう思って　またわたしは
湖の面に
石を投げる
わたしのつぶてが広げる波紋は
心ならずも　わたしを裏切り
やさしいはずの岸辺をたたく

ひそかにあたため　ほっかりとまどろみ
あどけなく　あそんでいた　岸辺よ
わたしの心は　その静けさに
思いをとどける紙つぶてのつもりだったのに
意外にも　ああ

酒乱の狂騒

岸辺をたたいた反響に
おどろき
目覚めてわたしは　欲を悲しむ

散り残った　夜の　さくら葉を見たいなどと
酔狂な　秋の夢を悔やむ
夢に巣くう　夥(おびただ)しい欲の糸を悲しむ

それでも　やはり
静かな心でいたい
そうわたしは　秋の空につぶやく

疲れているのだ

疲れているのだ
とっぷりと暮れた道を
とんぼりとんぼり足をひきずりながら
首うなだれてよろめいて歩く農夫のようには
家へ帰る目的も食事を考える希望もなくて
糸の切れたタコのような存在で
どこへ飛ばされるのだろう
どこへたどりつくのだろう
と不安がいっぱいで
束縛は何もない自由の痛みとつらさと
おそろしさにためらいつつ
それでも風船のようには体は空へ浮かないで
一日の疲れで重い足はアスファルトの

少しのくぼみにも足をとられてしまい
でも倒れたら幸いだ
両手をついて体をささえて身を起こして
立ち上がる元気もなければ
力を脱いて手足を伸ばし
ああ昔ならば頬にくいこむ感触は
もっとやさしかっただろうと
冷たく固いアスファルトに
いたみつけられながら……

わかりすぎて――

いま
どうしても
言えない　ことばがある
ききたいけれど
問えないことばがある

しかもあなたは
そのことばが
わたしの心のなかで
揺らいでいるのを
押しとどめられているのを
はっきり知っている

伝えるよりも　たしかに
伝わっていて
あなたが
あなたから
切り出せないでいることも
わたしには　わかる

そして
あなたは
あなたをわかっているわたしをも
わかりすぎている……

おどろき

いつのまにか

わたしはおとなで

水の冷たさをためらっている

とつぜん糸が切れて
数珠玉が飛び散る

夥しい在る物の中で
失くしたもののひとつが大きい

用済みの道具のまわりに
重要な人の道がさまよっている
人の手足を求めて

水を沸かすのに心が要らない

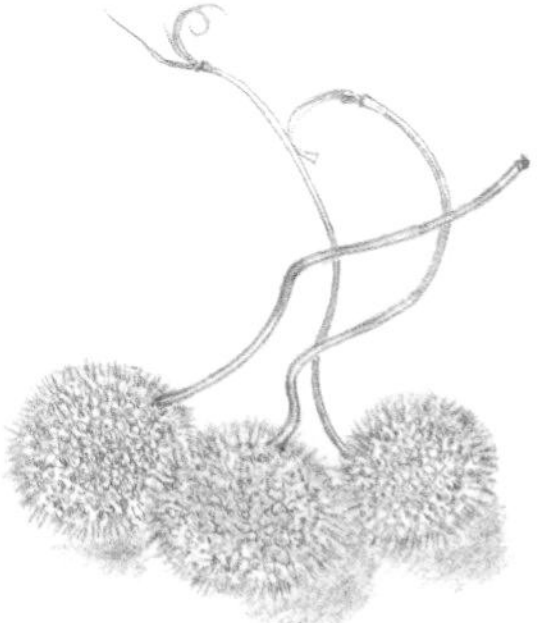

たんぽぽの綿毛と菩薩

たんぽぽの綿毛が飛んでくるのです。

初夏の、かすかな風に乗ってやってくるのです。

湿り気の多い、あるかなしかの空気の動きにも、遊ぶように浮泳していて、滑稽な生き物なのです。

捉えようとすると、微妙な風の動きにも敏感で、飛び離れてしまいます。それは、モンシロチョウのようで、追うと逃げ、やめると肩に憩う、気まぐれ屋さんなのです。


空気の鎮まるのを待って、綿毛自身の重みで落下してくるのを、両手で受け止めるのです。こわれやすい、たいせつな宝石を戴くような手のしぐさで……。

息を吐くのにも気をつかい、穏やかな空気の部屋の中で両手を合わせているのは、なんとも静謐なひとときでしょう。

雨乞いのように。けれども、それほどせっぱつまった渇きはなしに。合掌のように、またしかし、冥途への願望や現世の厄除けという心もなしに。手の平へ落ちてくる、重さのないものの存在を見、静かな、上から下への時間を待っているだけなのです。

しかし、そのようにして時間を待っていると、ふと二体の仏像が思い出されてくるのです。京都の三千院の阿弥陀三尊像のうちの、二体の菩薩像なのです。観音菩薩と勢至菩薩の、正座している像なのです。

それにしても、あの、動きさえ感じられる正座は、今から衆生を迎えに人の世に下降しようとして、立ち上がろうとする相なのでしょうか。

それとも、すでに仏の世界から来迎して、今まさに着座した相なのでしょうか。

他に見たことのない、あの正座の姿の菩薩像は、たんぽぽの綿毛が、手の上へ早く落ち着いてくれないかと、迎えに行こうと尻を上げたくなる私の気持ちと、いやいや、あせってはいけない、たんぽぽの綿毛自体の重みで、手の上へ届いてくれるまで、待ち続けるべきだと、尻を落とそうとする私の気持ちの、二つの相とは、もともと比べるべきものではないのでしょうが、なぜか、そのもの自体の重みで落下してくるのを待っている時間に、あの、正座の善薩像が思い出されてくるのです。

誕生日に

おめでとう

あなたは好きこのんで
父母にたのまれて
生まれてきたのではないけれど

〝この世に生まれてきてよかった〟
あなたはそうつぶやく

〝この世に生まれてきてよかった〟
あなたが心からそう思うとき
何も言わなくても
父母はきっとほほ笑んでくれるだろう
あなたもきっとほほ笑み返しているだろう

たこ糸

一年坊主が
たこ糸を忘れてきた
たこを作り　上げるときになって
ぐずり出した

風がちょうどいい

「かあさんが　入れるの忘れた」
―きみも　確かめなきゃ―

ともだちのたこは　よく上がっている

「かあさんが　入れるの忘れた」
ーきみも　確かめたかー

よく上がらない子も
糸ひっぱって　走り回っている
「かあさんが　入れるの忘れた」

トラックのコースロープの
切れ目に
たこを　ゆわえて
ーおいー　これで上げろー
ーおいー　走れー

三メーターほどの　たこ糸で
その場駆け足の　たこ上げ

すてき

子どもに日記を書かせていた
いい日記には
「すてき」と朱を入れていた
何度も「すてき」を入れた子が
ある日
そばに来て
「センセイ　テヲトッテ」
わたしは　何事かと思わずその子の
手を取る
「ああ　これでやっと

先生に
好きになってもらえた」
驚き不審に思っているわたしを尻目に
離れていった
ウイットに気が付いたのは
それからだいぶ後だった……

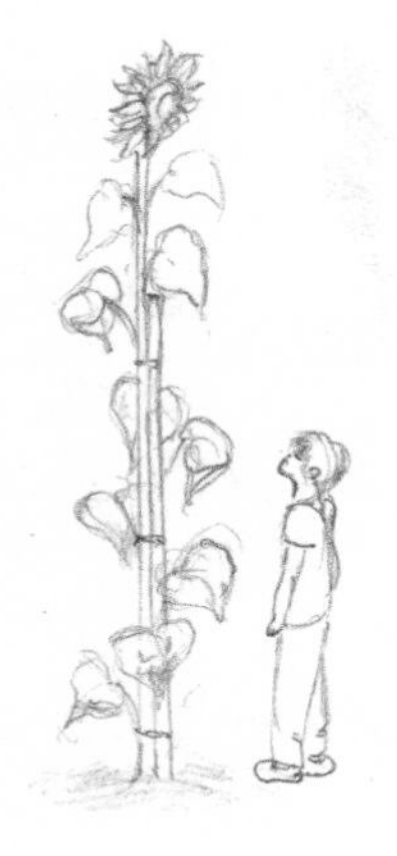

秋のしずけさ

青い空に向かって
ひとさし指をかざしたら
アキアカネがとまった

学校の
裏庭の
ひっそりとした
昼休み

あたりまえのように
女の子は
いつまでもいつまでも
たたずんでいた

えがお

てるてるぼうずをもらった
ピンクのほっぺ
笑っている目と口
くびにもピンクのリボンをつけて

手わたす人も笑っていた
もらった人も笑っていた

てるてるぼうずは
いまも笑っている

水色の花にたくして

春の立つ日よりも早く、かわいい水色の花が咲く。野や道べりの日だまりに、人目につかないほどひそやかに笑みをこぼす。オオイヌノフグリ。ものみな乾ききってひからびたような冬の大地に、天の恵みのうるおいを咲かせる。その花の命を思う時、生きとし生けるものすべての、特に人の命を思う。命の源の土や水や光を思う。そして、おそろしい自然の摂理につきあたる。

「かわいい」と言い「ひそやかに」と思う。「ひからびた」と思い「天の恵み」と言う。その自分の思いあがりに、深い落胆を抱く。日は日として日を輝き、水は水として水に流れ、土は土として土を育む。そして、花は花として花を咲く。それだけにすぎないのだ。自然の摂理。「めぐみ」と言い「うるおい」と思い「命の源」と考える自分の弱さを思う。思い人としての自分を悲しむ。*花は、思って、咲くのではない。感謝して、生きているのではない。生の唯一の表現として咲き、自然の摂理として生きているのだ。

自分が花や物に他人に、思い入れをして、それに支えられ、あるいは、裏切られ、喜怒哀楽におちいることを悲しむ。生のひとつの表現としての、自分の欲を悲しむ。

光は雲にさえぎられても光。水は日に干されても水。土は氷におおわれていても土。そして花は、雪におさえつけられても花。

私は、雪にうかれて外で飛びはね、めったに見られぬ風景を愉しんで帰ってくる。ところがどうだ、次の日、溶けかけた雪の下に、前の日、他の誰のでもない、この私自身の足によって、踏みにじられた水色の花のあわれな姿が、日にさらされているのだ。

花は思って咲く
のではない感謝
して生きている
のではない生の
唯一の表現と
して咲き自然
の攝理として
生きているのだ
中村俊郎の文

吉川雅子さん（友人）の書〈＊文中から抜粋して作品にする〉

どこかにじっと

どこかにじっと
たえていることばがある
どこかにきっと
わらえないでいるうたごえがある

光るとき

花　光るとき
土　疲れてる

人　光るとき
人　支えてる

水　光るとき
時　流れてる

まいあさ……

まいあさ
花をもってきて
活けてくれる人がいる
だれも　口にしないけど
だれもが　知っている

はっ　と思う
あっ　とつぶやく
きれい
ほんの一瞬だけど
だれもが　そう感じて
だれもが　それぞれのしごとをする

魚も寝る

マグロの睡眠時間は
五秒

魚も　寝るのか⁉
そういえば

夜の川底の石にもたれて
横になっている
鮎を見た

鮎も
寝ていたのか⁉

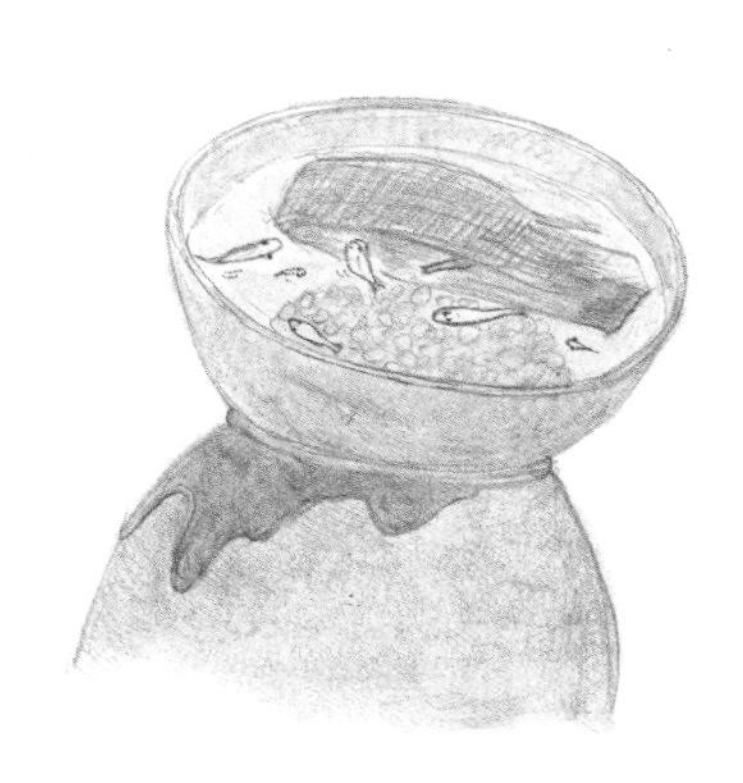

赴任期間

ふくらもうとしているのか
つぼもうとしているのか
春寒(はるさむ)の花

なびいているのか
あらがっているのか
春風(はるかぜ)の竹

足がもつれる四月

だれも見ていないのに

だれも見ていないのに
咲いている花
人知れず
咲いている花

土と
水と
光の　恵みを受けて
人知れず
咲いている花

あっ
ちょうが　とまった

いくたびか

いくたびか　ためらいつつ
いくたびか　あきらめつつ
おそるおそる　衝動的に
決断し　実行すれば　また
いくたびか　ためらいつつ
いくたびか　あきらめつつ

線香花火

線香花火をしたいな
おとなも子どもも　いっしょになって

そのほそいきれいなつつみがみに
どんな魔術がかくされているのか
　火をつけると
シュルルルルともえちぢんで
クルクルと丸まって
チカッ
チカッ
チカチカチカチカと
しばし太陽のしょうばくはつ
線香花火をかんがえだした人は

きっと夢をあたえようとしたのだ
ちいさな太陽を
きれいな包みにくるんで
夢をもとめる子らに

どんぐりとわたし

秋、大きなどんぐりの木が、二年に一度の実を落としました。

春、どんぐりの実から、糸くずのような一本の木が伸びました。

夏、その木は枝を張り葉をつけました。どんぐりの木、枝葉と同じように、周りの草木もどんどん伸びてきました。

わたしは、そのどんぐりの木の周りを四本の竹で囲いました。周りの草が伸びて、わたしが草を刈る時に、どんぐりの木・枝を切ってしまわないように目印にしたのです。

どんぐりの木、枝、葉よりも早い勢いで、周りの草木は伸びていきます。わたしは、どんぐりの木をじゃましないように周りの草木を引き抜きます。どんぐりの木がお日さまをよく浴びて、風とおしが良くなるようにするのです。

夏から秋にかけて、周りの草木は、刈っても刈っても引き抜いても引き抜いても、次から次へと伸びてきます。わたしは夏から秋にかけて、周りの草木を四回ほど草刈り機で刈りました。

やがて冬、周りの草木は伸びなくなり、どんぐりから伸びた木や枝葉は、しっかり土の上に立ちました。葉は緑色から茶色になり、そのうち落ちてしまいました。それでもどんぐりの木、枝はしっかり土の上に立っています。木枯らしに揺れても倒れず、土の中に伸びた根に支えられて、土の上に立っています。

そうして、また春が来て、枝葉をいっそう伸ばし、上へ上へ横へ横へ、根は土の中深く伸びていきます。

わたしはまた、どんぐりの木の周りの草を何度も刈りました。

何年か経ち、どんぐりの木はわたしの背丈をこえました。

一〇年ほど経って、わたしはそのどんぐりの大木を伐り倒しました。太い枝も切り払い、一本の太い幹にして幹を一メートルほどの長さに切り落としました。

その幹に穴をあけ、一センチぐらいのシイタケ菌を埋めこみました。一メートルぐらいの木に六〇個程度埋めこみました。（これが、市販されている原木です）

一本のどんぐりの木（クヌギです）で、一〇本ぐらいの原木がとれました。それらは、日陰に運んで立てて、倒れないように組みました。

そして、二年後の春に、どんぐりの木から、シイタケの芽がふきました。旬になると、原木のシイタケの花が咲いたようになります。

私はどんぐりからシイタケをいただくのです。

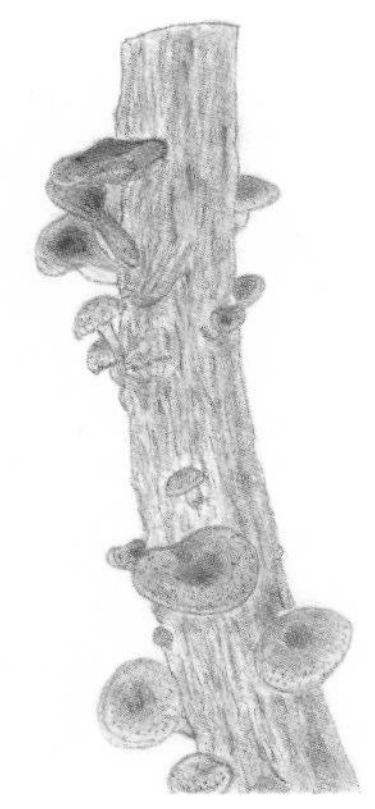

砂糖菓子

今はすっかり売れなくなった
鯛の砂糖菓子を
毎日つくっている夫婦がいる
夫八十九才　妻八十八才

まっ新白衣(さら)に身をつつみ
黙々と干しあげては　並べ広げる

「買いに来る人　いるのですか?」

「来ていただく　その人のために毎日つくっています」

「…………」

いいんだよ

いいんだよ
そのままで　いいんだよ
花は花を生きている
水は　水を
雲は　雲を　流れている

空は　カラ
カラは　いっぱい
いっぱい　つめることができる

だから　いいんだよ
あなたは

いのち

大きな木を
両腕で抱えている人がいる

人肌のような幹に　耳を押しつけ
木の命の鼓動を聴いているのか
木の命の流れをつかもうとしているのか

風が騒いでも
若葉が揺れても
木の命を　たしかめているようだ

私の体をつくってくれたのは　母である
私の体をきたえてくれるのは　母ではない

父でも兄弟姉妹でも教師先輩監督でもない
もちろん医師や看護師ではない
食べるものと
私自身である

散る

桜の木の
みごとな捨て方
えいえいと　もくもくと
育み　たくわえてきた
結晶を
一気に
木全体で
ふるい落として
捨てる
花びら……

しあわせ

ねて
くって
あそんで
そして
ちょっぴり
ああ　こんなことしてて　いいのかな
そう思うとき

赤いイヤリング
みたいな　グミの実
熟れるのを父が待つ
鳥も待つ

ねがい

ぽっと　明るい
そんな　しあわせが
小さな　胸に
ともってもいいのに
花だ
海だ
秋だ
雪だ
と
少女のように
言いふらさなくても
おさなごの
ひとつの笑いのように

ぽっと　明るい
そんな　よろこびが
かすかに　心に
ともってもいいのに

ことば

ひとの　ことばを
思い出してみる

外は
雨戸をうつ風の音
笹鳴り
窓ガラスがゆれる
むしろをはたく音がする

ことば以前のものに心とらわれて
ものを考えなくていい安心にひととき
ひとの声を忘れる

音のようなことばは　ないものか
声ではない　ひとのことばは　ないものか
やさしくなくてもよい
身の毛のよだつものでもよい
ことばではない　ひとの声はないものか

思い出の感傷に色をつけては
嘘をついていることに気づかぬ言葉
蚕の紡ぐ糸に縛られて
いよいよ狭く自閉していく繭のつぶやき
美だと！　眺めているだけで　生きてもいないくせに
恋だと！　奪おうとしているだけで　指もふれないくせに
愛だと！　考えようとしているだけで　涙流すこともないくせに

肉は心を
無視して　裏切り
心は肉を

嘲けって　恨み

焼きぐりの火球は
熱がさめるまで
エネルギーが無くなるまで
力が死ぬまで
ピンポンされそう

一九七八年（昭和五三年）一一月
（二男誕生のほんの少し前）

詩人になれなかった私と詩人の二男

「ぼくは、なんでナカムラトシオというの?」

そう尋ねた私に、母はていねいに答えてくれた。

「ネコは、なんでネコというの?」

そう尋ねた私に、教師は、

「ネコはネコだから、ネコというんだ! そんなあほなこと考えとらんと、勉強せい!」

と言い放った。

小学校の中学年の頃だった。今から思えば、その頃の私は、言葉と言葉の指し示す具体物や抽象物に興味関心を持ち始めていたのだろう。

知らなかったことを知った驚き、わからなかったことがわかった喜び、できなかったことができるようになったうれしさは、学校で数えきれないほど味わうことができた。しかし、自分の内側から湧き出してきた疑問やその疑問へのこだわりを、私はその教師によって、蹴飛ばされた、粗末に扱われたと今でも感じている。

学校から帰ったら毎日牛の飼い葉切りや水くみをすることで、加えて、季節に応じて茶摘みや田植え、桑摘み、茶畑や桑畑や菜種畑や麦畑の草引き、植林や若木の下草刈り、稲刈り、麦踏みや一年分の焚き物作りなどを家族とすることが、私の仕事であった。

小学三年生の頃、学校から帰って宿題をしている私を見つけて、祖父は、

「仕事と勉強とどっちが大事ね！」

と持っていた天秤棒で今にも殴りかからんばかりに怒鳴った。

ちょうどその頃、祖父に二畝ほどの田んぼの稲刈りを命じられ、手伝いに来てくれた友達と一緒に日がとっぷり暮れるまでやり、くたくたに疲れて漢字を書く宿題をしていかなかった翌日、担任の先生に呼び出され、叱られた。

「宿題と手伝いとどっちが大事なん！」

子ども心にも、祖父が仕事を、教師が宿題を念頭に置いていることはわかった。そして、子ども心には、どちらが大事なのかはわからなかった。

小中学校の教科書や図書室で読んだ詩に感動した少年は、「自分も詩を書きたい。詩が書ける人になりたい」と思った。

五〇年前、私は「俺には詩は書けない。詩人にはなれない」と悟った。それでも、拙い、語彙の少ないことばで詩に非ぬものを書き留めた。「ことば遊び」「非詩」と自覚して、内から湧き上がることばを綴った。

古希を迎えるにあたって、五〇年書きためた文を整理し始めた。そうするうちに妻が、『夕陽日報』をひっぱり出してきた。二男が病気になってスケッチブックへ描いた絵や文が三六冊たまっている。すると今度は、二男が文章の綴りを私に見せにきた。三一項目ある。そのことにも驚いたが、それらを「ひと晩で徹夜で仕上げた」と聞いて二度びっくり。

「ためてあったのか？」

尋ねた私ににこにこして

「数年間ちょこちょことメモしてきた」

ということ。

「処方箋の草案」三一項目を読んで、私は感動した。

「これこそ詩だ！」「潤は詩人だ！」

二〇一九年（令和元年）六月

（二男の詩に初めてふれて）

言葉の処方箋の草案

色んな父母から習った畑の作り方、いや、ほったらかし方

415（良い子）

良い子、415とは、よく話を聞く子。吉四六（きっちょむ）さんのように聞いていればいいだけ。

そうすれば、そのうち嫌でもそれをすることになる。

念仏のように毎日同じ話を聞く。それは途方もない努力である。

自分のフィルターを通して入ってくる分が、本当に聞いている部分。効いている部分とも理解できる。

ほとんどが土壌に含まれる水のように地下から川へ流れていく。

しかし、作物に必要な分だけは、ちゃんと土に含まれてゆく。

それが、話を聞くことである。

人間一人が数年でできることは、ごくわずかなことであり、そして、途方もないことである。

514（小石）

514（小石）を見つけたら休め。

他人とは関わりたくない。人間の本能はそこから始まると思う（持論）。

性善説か、性悪説かで考えるとなると、後者のほうかもしれない。

だがしかし（駄菓子歌詞）、歌を歌うことにも似ている。

人生に嫌気がさして、歌うしかやることがなくなる。

そんなときに、潮時を教えてくれるのが小石だったりする。

途方もない荒野を開拓するとき、そこにいるのは荒野と自分だけ。

あと、一〇〇歩譲って道具くらいは存在してもいい。

そんな中で、今日はこれくらいの能力が出せる、これくらいやと明日またやってみようと思う。それを判断しながら動くのは容易なことではない。

そこで、自然の力（人が手を加えるということも含め）を利用して、手を止めるときを見定める。

シャウト

シャウト。日本語で書くと叫人とでも当てようか。
叫ぶ人。伝えたい部分　強調したい部分を強く言う。
それが高じて叫びになる。
そして　いつしかその叫びが心地よい音になる。
ムンクの叫び。どこかしら愛嬌のある表情。
怖いだけではない。
喉には使い方がある。小さく歌う。
ささやく。
ぼやく。
そうしたら　心に届いていく。
叫びにも度合いがあり　長続きするものを探していくと
自然とそれに落ち着くのかもしれない。
この旅はまだまだ続きそうだ……

甥っ子とおじさん

不思議な関係です
親子でもなく、他人でもない
その中間的な感じ
程よく無責任で、程よい距離感
自分の夢を託す部分もあり、できなかったことを押し付ける部分もあり
いい迷惑かもしれないね
この場を借りて、ごめんなさい m(_ _)m

ああ、直接言えるのはいつだろうか
あの世に行ってからかな（笑）

おもちゃ

おもちゃ。　５１４（一三五ページ）で言った道具と似たものかもしれない。
子供たちがおもちゃ箱を開けるように、
大人や、その仲間の人たちにも道具を選ぶ権利はある。
目的になっているおもちゃ。　いわばコレクション。
手段になっているおもちゃ。　いわゆる仕事のアイテム。
両方になりえるおもちゃ。　半人前の自分。

安いものを買うと、５１４（小石）に当たるときの手ごたえが少なく、
高いものを買うと、５１４（小石）に当たるときの手ごたえが大きい。
苦労して勝ち取ったものを持った時、人は自愛という言葉にたどりつくのかもしれない。

超高級車を、農機具のように使う人がいれば、

世界最高峰のピアノを、物置に使う人もいる。

その傍らで、上の代から受け継いだものを修理して大事に使う人もいる。

そして、もがいて見様見真似で市販のものに近づけようとＤＩＹ（自分で作り出す）する人もいる。

僕にとってのＤＩＹとは、「誰にもアイデンティティーはやってくる」の略である。

人生のある時期にだけ、アイデンティティーというものを考える時期がくる。

そして、それが一瞬のひともいれば、数時間考えるひともいれば、何年間かかかるひともいる。

要するに、暇人かそうでないかである。

栗

栗
いががあり、オニカワに包まれ、渋皮がある
その下にようやく実が見えてくる
衣装に例えると、十二単のような印象である
皮に栄養素があると聞いた
渋皮煮という料理法を聞いた
オニカワの剥き方を聞いた
いがぐりの外し方を聞いた
もっと言えば、栗の落ちてくる時期や、木が折れやすいことも

でも、僕は店に並んでいるモンブランを選ぶだろう

僕には、毎年落ちる栗を待つ余裕も、集める気力も、剥く握力も、渋皮煮の手順を調

べる意欲も、栄養を考えて生きることもないから
ただ、おいしかった、楽しかった記憶を反芻する牛のようにモンブランを選ぶ
問分覧(モンブラン)(問い、分けて、ご覧ず)
えらっそうな人間様の端くれだ!!!

掘り出しもん

掘って掘って、運んで運んで、煮て焼いて、食べて、消化して、捨てて捨てて、、、
そんな繰り返しの中で、新種を見つける
自分に合った新種を
関わったすべての人の意見を聞いて聞いて、自分に落とし込んで落とし込んで、、、
苦労した結果、楽ができる
質とは何か？　それを知ることか？
量とは何か？　それを消化することか？
二つできて、本質も分かり、本領も発揮できるのかもしれない
どちらか欠けても中途半端
精神と、肉体の関係ともよく似ている

アイキャンディ食いっと（I CAN DIG IT）

二回目

一回目より少し安心
予測がつく
間違えずに済む
手順が頭に入る
動作が体に馴染む
そして
また忘れていく
幸せなことだ
二回目があること!!!

土しよう?

火 仕事
水 仕事
金 仕事
土

もやせるゴミの日

缶コーヒーと
おにぎりと

出張ライブ

畑違い、
重々承知しているつもりだ。
しかし、境界線がぼやける。
ここまで、これを植えた。
しかし、こちらにはびこってくる。
力の強いものは、弱い者の領域を脅かす。
だから、かくまわれる。
この国はいいところだ。
弱いものはかくまわれる。
しかし、そんな平和な時代も終わり、
ついに弱いものにも追い風が。
前に出なければならない！
まあ、これが矢面か。
まんざらでもないかな？

明和

D.P
上を向いて
ふるさと
クイーン
365

掃除、ゴミ出し
リボン、けばたき
磨き
自分の仕事

な か
に う

伊勢

13.1kg
E to E
73鍵
4つのゾーン
リハからステージまで
SSS

50〜100kg
二人で
連弾

文化交流

大きくは国と国で
中くらいは県と県で
小さくお隣さんと

違うことを知ることは楽しいことだ
でも、度が過ぎると喧嘩になる
また、それが過ぎると楽しくなる

長いスパンで国家単位、集落単位、個人単位で繰り返されるサガ

反省点

振り返る。
反芻とも似ている。
ゆっくり食べる。
それが嫌になるくらい時間をかけて。
そうしたら、力になる。身になる。
それで、得たものを素早く使う。
また充電期間が必要なのか。
雨ごいをしたり。日待ちをしたり。
努力は目に見えない。
切り取るには長すぎる。
編集作業で、いいところばかりが食卓に並ぶ。
次第に飽き飽きするものになる。

うんざりだ！

108

一本足りない
ねじが外れた状態
大体僕の周りの物事はそんな感じだ
テレビで見ることや、教科書に書いてあることは完璧なことが多い
けれども、現実に起きていることはその逆が多い
それに目を向けると生きやすくなる
ハードルを下げるとでもいうのだろうか
寛容になるとでもいうのだろうか
いや、自然に生きるというのかもしれない
不自然な人間だからこそ、動物に憧れできないことをできるようにしていく
もともとハンディキャップを背負って生まれてきているのかもしれない

ローディー　二〇一九年七月二八日

裏方の道が始まったばかり。
話を聞こう。そして、相槌を打とう。
見て学ぶことから、書いて学ぶことへ。
気晴らしは口に出すこと。
苦手を克服していきたい。
長い道のりは、折り返し地点から始まりそうだ。
40＋40＝80
まだまだ、僕は道半ば。
生きるのが嫌だけど、視点を変えれば、来た道を逆向きに走ればいいだけ。
一回目より二回目という感じかな。
想い出をたどる旅が始まった！！！

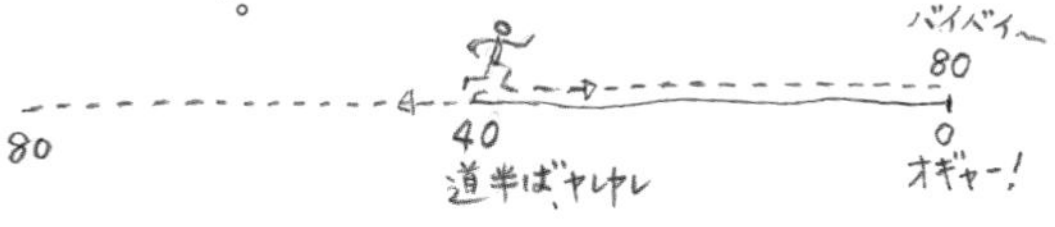

バイバイ〜
80
0
オギャー！
40
道半ば、ヤレヤレ
80

828

上から読んでも、下から読んでも
828
回文とでもいうのだろうか
こういうのは特別な感じがする

左右対称
何か守られている感じがする
両親に右手と左手をつないでもらっている感じが

いずれは、ぼくも2から8へと成長できるのだろうか
不安がよぎる
×4すればたやすいことだけど
人生はそんなにうまくいかない

終わらない最終ミーティング

話がどんどん主題からずれていくのが、
僕の癖です。
なぜなら、
そうしないと続かないから。

その場へ行って、
目についた仕事をこなす。
それが終われば、
別の場所へ。
視点を変えると、
新しい仕事が見えてくる。

積みあがらないという人もいる。

でも、それでいいのです。
それが僕だから。
受け入れるしかないのです。
失敗を恐れず、大胆に。
そんな、温室で育った僕だからこそ！

1010タイムテーブル

10（とお）10（とお）四桁になった！！！！
10月が来たんだ！

実りの秋が終わり、次の年に向けて助走の時期だ
道具と、土壌にお疲れさんを言う時だ
そして、動いた体と、心にも栄養を

こんへいや、こんへいや

伊勢平野、伊勢平野！

唄で労おう。

レポート完成版

新時代がきて
新しいビジネスが出てくる
今までは敬遠されていたことも
前向きにやってみる人が出てくる
賛同する人が生まれる
次第に普通のことになる
そこには、失敗や挫折、憤りや、嫉妬
色んな感情が生まれてくる
境目をぼかすことで、作物にも亜種が生まれるように
人間社会もそれに似ているのかもしれない

ミカン星人（未完成人）の僕

雨宿り

数に追われて逃げてきて
たどり着いたこの場所に
ここにも数はあるけれど
前ほど多くないかなぁ
似たもの同士集まって
同じ空気を感じるの

外は雨だね。
今日はお休み。

雨粒でも数えよう

畑の作り方、いや、ほったらかし方

この報告書を作るにあたって、
処方箋のようなものです。

M先生、S先生、別のM先生、そして今は亡きH先生。

ありがとうございます。
言葉の処方箋で、僕は治ってきました。
人生という病気に蝕まれたからだとこころは、治りようがないけれど、
少し治ったという錯覚に陥らせていただきありがとうございます。
これからもお世話になります。
白い粒と共に生きる僕たち。

C F B♭ E♭ A♭ D♭ G♭（F♯） B E A D G

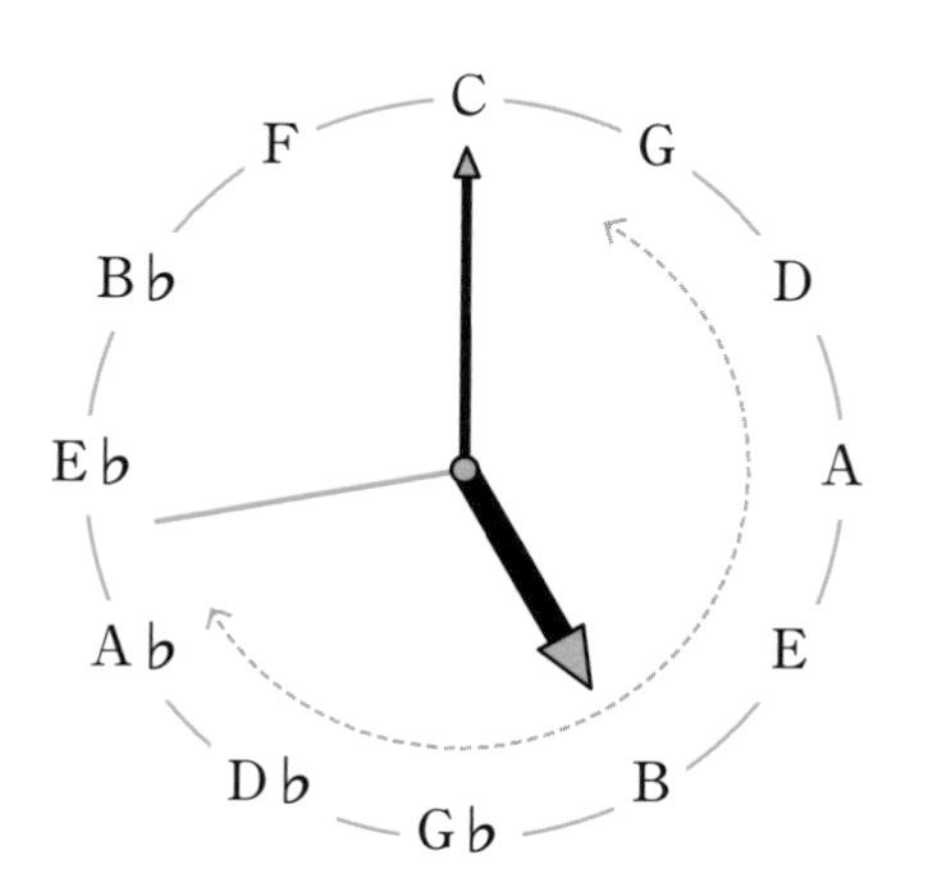

12時間のように丸い円になる
横並びの白黒（鍵盤）が、丸い円にようやくなり始める

一年が見えてきたかな

僕のレポート草案

僕の作品はほとんど8割が下書きだ！
直してしまうと勢いがなくなる
一夜漬け、早生、たたき台、殴り書き
色々表現はあるけど
ここまで読んでもらいありがとうございます。

よかったら「YouTube中村潤」で写真（歌）や文を見て下さい。

空（そら）は空（から）

それから

整理していた夫のファイルから、「本が仕上がる来年五月まで生きられるだろうか？生きていても認知機能がダメになって読めなくなっているかもしれない」と書かれた紙片を見つけました。夢の実現に一日近づけば、死も一日近づいてきます。夫の胸に喜びが膨らめば膨らむほどその喜びは「幻」、との思いも膨らんだのでしょう。

「二〇二〇年五月一二日」の出版日を前にして、夫は自分の手で郵便屋さんから小包を受け取ることができました。満面の笑顔でした。お気に入りの軒先のベンチで、オレンジ色のカバーの本を開けては読んでいました。

しかしそれから三か月ほど経った八月二五日、前夜から始まった突然の痛みと気胸で即入院となり、一〇月六日の早朝に亡くなってしまいました。

出版社の板原さんから改訂版の提案をいただいたのは、百か日が過ぎた頃でした。「ぎりぎり出版が間に合ったのですね」の言葉に、命はもちろん、視力も聴力も認知力もぎりぎりのところで、夫は本を味わうことができました。奇跡だったのですね。

更に本の出版で、思いがけないプレゼントをいっぱいもらいました。拙本を手にして

くださった方たちからの手紙やメールです。いただいた感想に夫はもっと喜びました。電話や訪ねてくださった方たちとの会話で、夫は元気づけられました。

この改訂版には、三人の暮らしが二人になる大きな転換——その約一年間の様子を書き加えようと思います。(これまでの章とは一年の時差があるため、時の表記にズレがあることをお許しください)

前半には、多くの人の助けをかりて在宅看取りが実現し、その方々に医療だけでなく、私たちの人生にも深く関わってもらったことを、後半には、夫が死の間際まで側に居て、二男と私に大事な贈りものを届けてくれたことを書きたいと思いました。

書く作業は、夫の苦しさや辛さも蘇って悲しくなるのですが、「最後まで生き切ってくれた！」という事実や記憶をたどることによって、私と二男の「これから」を作ってくれるように思うのです。

別れは突然に

1　決断

入院した夫からの連絡が電話からメールに変わり、突然止まった。主治医からの電話で九日ぶりに会うと、胸にドレインをつないで車いすに座り、塞がった右瞼を持ち上げて看護師と筆談していた。夫は、残っている体の機能が維持できるかもしれない治療を受ける準備で、一階の放射線科で私を待っていた。

全脳照射の説明を筆談で理解するのはとても難しかった。医師と夫と私の間を、用紙を取り換えながら何度もバインダーが往復した。夫に代わり私が同意書にサインした。夫は痛みと神経の疲れで限界だった。

こういうことなのか。「脳転移していた癌細胞が、一か所から何か所にも広がりました」という主治医の言葉の意味は。連絡方法が変わり、その後途絶えたのは、伝えるための体の機能を次々失ったからだった。これまで八回の入院のどんな時も、「また帰ってくる」としか思わなかったのに、夫は死の方向へ行くのだと、初めて感じた。

翌日、夫はその最後の治療を拒んだ。私は長男に同行してもらい夫の気持ちを確かめに行った。「もうどんな治療もしない」と夫は紙に書いた。長男が「家に帰りたい？」と書くと、「帰らない。ここで」と書き返した。私たちは夫の最終意志を主治医に伝えて今後を任せた。

三度目の面会で、転院先の病院名とその手続きに入ったことを聞いた。夫は既に死を決めていた。それを自らの手で迎え入れようとしたと、看護師がその時の様子を私に話した。

私は主治医にお任せすると言ったのに、まだ考え続けていた。

「入院したときは一緒に病院の廊下を歩いたのに、二週間も経たないうちに、あの人は立つことも、聞くことも、話すことも、見ることもできなくなった。自分の体が次々壊れていく現実と、一人で向き合っていたのだな。どんなに不安や恐怖でいっぱいだったか……。なのに、あの人は、ここで死ぬと書いた。これからも、こんな音も光もない孤独の中で、しかも、思っていることもしてほしいことも何にも伝えられない闇の中で、たった一人で死を待つというのか？

ナースコールは自死の道具になるのに、この病院は、あの人の唯一の連絡手段を握らせてくれる。そしてその信号に何度も応えてくれる。転院すれば、もっと辛い状況になるのではないか？」

などと、あれやこれや行ったり来たり考えているうちに、在宅医療が浮かんできた。

あわてて電話帳で探した。「有難いことに明日も診察がある!!」

主治医に返事をしてから四日目、主治医から転院先を聞いた金曜の夜のことだった。

翌朝、いせ在宅医療クリニックの遠藤医師（再発後、夫が生きる力を得た癌サロンを運営する医師）を訪ねた。二男を車で待たせずに中へ誘った。父親の厳しい状況や私の考えを初めて二男に知らせることになるが、後で説明するより今、隣で、医者と私の会話を聴かせた方が、ずっと早く、正しく、冷静に受け止めてくれると思ったから。

遠藤医師は、病院ですることは在宅でもできると話してくれた。何から取り掛かるかも教わった。おかげで午後にはケアマネジャーさんを呼ぶことができた。主治医との話がついていない事情を話すと、決まった時点ですぐ動けるように、無駄になっても計画を立てましょう、と言ってくれた。

長男に話した。彼は在宅介護の厳しさを説明してから、「お父さんを見たお母さんの気持ちだけで、在宅に走ってないか?」と尋ねてきた。「お父さんが自分の気持ちから帰ろうとするのではなく、お母さんの気持ちに応えて帰ったのに、もしもお母さんが介護で潰れたとしたら、それはお父さんの我慢にならないか? 潤もそれを見て、二人ともが、お母さんに巻き込まれてしんどくなる場合もある」と言った。さらに「帰らないというお父さんの真意は、お母さんや潤に迷惑をかけたくないということだから、そんなお父さんの真意を十分知ったうえで在宅に踏み込む覚悟が、お母さんにあるのか!?」

と、続けた。

私は言葉に詰まった。けれども転院先で抱える今以上の孤独の中で、コロナで家族の手の温かさを感じることもなく、一人で死に向かうことをお父さんは本当に希望するのだろうか?と聞き返した。その方が楽だとお父さんが言っても、私の思いがエゴだとしても、たとえ家で自死を選んでしまったとしても、今の厳しすぎる状況をほんの少しでも小さくしたかった。夫の視点なのか、私の視点で言っているのか、訳が分からなくなってしまったが、夫が一人で死を待つのは辛すぎた。

長男は答えた。「お父さんの返事を聞きたいけどもう難しい。お母さんが決めるしかない。決めたことを僕は応援する。ただし、こんなコロナ禍で誠意ある対応をし続けてくれる主治医に対して、ずいぶん勝手なお願いをするのだから、事情をしっかり話して心から謝ること」と最後に付け加えた。

主治医は理解してくれた。遠藤医師との引継ぎへとすぐに舵を切りなおしてくれた。

二つの病院スタッフ、在宅看護と介護スタッフ、ケアマネジャー等、多くの人がそれぞれの仕事をしてくれた。私はさまざまな職種の方々のチームプレーや連携プレーを目の当たりにした。

二男と参加した総勢一一名のカンファレンスで、司会担当の方が、気がかりはないかと尋ねてくれた。私は、長男に指摘された気がかりを話した。「夫の意に反してないか？　在宅で看ることが夫の苦痛にならないか？　私がギブアップしたらどうしよう」と……。出張先の病院からリモートで参加した緩和ケア医師が、画面の中から「ご主人は家に帰りたいと思っていますよ」と答えてくれた。伊勢の在宅看護と介護に関わる方々が「私たちが一緒ですから大丈夫」と言ってくれた。

先の医師が画面から消え、再び戻ってくると、「今問題に上がっている前例のないドレインの貸し出しを、電話で交渉していました。ＯＫが出たので、一日でも早く帰れるよう急ぎましょう！」と伝えてきた。遠藤医師も大きなプロジェクター画面からユーモアを交えた柔和な話し方で、現状や引継ぎや今後の医療などについて、的確な質問と判断と指示を出した。

一つの目標に向かい、それぞれの立場の人たちが、それぞれの役割を担って動き出した。

2　在宅は一人じゃできない

二男は病院が苦手で、新型コロナ感染症第一波が始まった二〇二〇年四月も、「明日は収穫した甘夏持って、潤が届けるよ」と知らせていたのに、入院病棟の前で止まってしまった。廊下で待っていた夫は、私の姿にがっかりしたが、すぐ「そうか、そうか、ここまで来てくれたのか。ありがとうと伝えてくれ」と笑いながらドア越しに見送ってくれた。

　最後の入院になったこの年の九月も、まだ中に入れず玄関前のベンチで私を待った。ベッド上の夫に帰りを告げると、耳が聞こえなくなり会話もできなくなった夫が、「迷惑かけてすまん」と紙に書いてきた。そして「Ｊｕｎは？」と書いた。アルファベットだと分かるまで、私はちょっと手間取った。漢字が書き辛くなったのだなあ……。

〈入院中の父に送った二男の絵手紙〉

「下にいる」と横に書くと、その横に、「Ｊｕｎごめん」と書いた。それは、「俺のために一番イヤな場所へ来させて、潤、ごめん」と読めるけれど、私にはそう取れなかった。「そんなお前に、俺は応えることができなくてごめん」……もう何もしてあげられない我が身を、夫は二男に謝ったのではないか、と思った。

　このままでは、二人はさよならができない!!

　私は二男の発症の要因に「別れ」があると思っていた。大切なお父さんとの別れができないと、今後の回復にも生き方にも影響するだろう。長男から「在宅看取りはお父さんや潤を巻き込んで、二人をしんどくさせるかもしれない」と言われたが、今、二男と一緒にやらなければ、取り返しがつかないと思った。私が潰れないように気を付けて、在宅医療スタッフや長男夫婦の助けを借りて、最期を三人で暮らすのがいちばんいい。この結論は、在宅へ踏み込む最後の一押しになった。

二男に、「お母さんだけでは、お父さんを家で看るのは無理だと言われた。そうやから助けてほしい」と話してみた。

あんなに病院が苦手だったのに、二男は病室まで入った。遠藤医師と私の話を聞いていたので、父親の姿に衝撃を受けても退出しなかった。それからは、伊勢でも津でもどこへでも、私と行動をともにした。病院のカンファレンスにも二男が参加して、自分たち家族のために多くの人たちが動いていると体感した。看護師さんの説明をメモし、実際に痰や尿処理などの練習をした。退院までに覚えることを二人で勉強した。二男は大きなハードルを越えた。

私は、長男夫婦のところへ改めて助けをお願いしに行った。

3 大切な時間

二男と病室を訪れていると、帰らないと決めていた夫が、少し判読が難しくなってきた文字で「いつ帰る?」と書いてきた。緩和ケア医師が言った通りだった。私は、夫がカウントアップに変えた!と思った。「家に帰る」とは、死を待つことではなく、その日まで「生きようとする」ことだから。

二〇二〇年九月二九日、夫を乗せた介護タクシーは津市内から高速道路へ入った。肺が塞がらないように吸引しているドレインの目盛りを見ながら、一刻も早く家に着いてほしいと願うばかりだった。ふっと九年前のことが蘇ってきた。……ああ、あの時とおんなじだ。神奈川から夫が運転する車に病気の二男を乗せて、もうすぐだよと最後の高速道路を走った。あの時は星空の下を、今は曇り空の下を、二人とも、生きるために、この道を家に向かって走る……。

姉夫婦とケアマネジャーさんが迎えてくれた。搬送ベッドから介護ベッドに移ると、夫はゆっくりと顔を動かした。懐かしい部屋だと分かった。義兄も姉も分かった。模様替えを手伝ってもらい、お気に入りの書画や私たちの習字を三枚並べてベッドから見えるようにしたけど、これも分かったかな?

遠藤医師を中心に、訪問スタッフさんが毎日丁寧な看護と介護をしてくれた。長男夫婦が必要で便利な介護用品と看護器具を選んで届けてくれたので、安心だった。二男は短時間アルバイトを続けながら、尿のバルーンを専属で取り換え、体位交換を手伝った。近くに住む夫のいとこが急用時に見てくれ、二男と私に美味しいものを届けてくれた。多くの人に助けてもらって、夫は今まで口にしなかった食事をわずかながら食べた。深夜、話せない夫から言葉が出て、私は最後の声を聴いた。

隣室でピアノが流れ出した。歌う方も聞く方も照れくさくて出番のなかった曲『僕のお父さん』を、二男が静かに弾き語り始めた。野山で作業して生まれた曲も歌った。たとえ聞こえなくても、聞いてもらいたかったのだろう。夫に話しかけながら世話をしていた介護士さんたちが黙った。歌に込めた二男の心をいっぱい受け止めてくれると、まるでその心を夫の身体に届けるように、介護を続けてくれた。

遠藤医師から、明日の朝が超えられるかどうか……と言われた。覚悟していてもそれは突然だった。コロナ禍だから、遠くにいる孫を長男が車で迎えに行き、とんぼ返りで送って行った。ここでお別れになるかもしれないと言い残した。三〇年近く毎年来てくれる三人の教え子だけに知らせると、すぐ駆けつけてくれた。

再び訪問してくれた遠藤医師は、夫の状態や酸素が十分入っていることなどを確かめると、「特別なことがなければ家族で看てください。呼吸が止まったら電話してくださ い」と言って帰った。……最後の看取りは、本当に家族だけの時間なのだ。

もう握り返さないけど手をつないだ。二人でお父さんの様子を見て、お父さんのことを話した。疲れさせないように二男を隣の部屋で仮眠させ、私は眠ってしまわないように『なかむら夕陽日報』の夫の詩を音読した。聞こえていたらいいなあ……言葉を音に乗せると夫の心持ちが立ち現れて、独り言で対話した。このまま居てくれるように思った。時間が静かだった。

やがて呼吸が少し変わってきた。急いで二男を起こし、両側から抱えるようにして見守った。呼吸する間隔がだんだん遠のいていった。「お父さん行く（逝く）んや」と二男。「本当に行ってしまうんやなあ……」と私。二人の手の中で、すぅーっと息が消えていった。家に帰ってきて八日目の早朝だった。

贈りもの

1 「別れ」という意味

別れをどう受け止めて消化するかはその人の心の底にある問題です。誰かに言われて納得できるようなものではありません。だから二男自らがこの問題に対峙できる時を待つしかないと考えて、私たちは触れもせず、蓋もせず、九年間を過ごしました。時薬にも手伝ってもらいましたが、夫の二男に対する変わらぬ姿勢が、二男を別れに向き合わせるように導いたと思います。

「潤と生きる　潤に寄添う　苦楽を想像して」と夫が折に触れて自分に言い聞かせていた言葉は、二男のアパートから閉め出され車上生活をしていた中で誓った言葉だったと、ファイルの日付（二〇一一年一一月二三日、相模原市にて）から知りました。

二男の帰郷後、夫は、「もしかしたらアイツがやるかもしれん」と考え、そんな作業を家の周りのあちこちにそっと用意しました。しなくても良し、もしも心動いて活動したら、どんな結果であろうと「やってくれたんか！　ありがとう」と声をかけました。アルコール依存症の時も、その後の精神的不安定な時も、癌が見つかり、そして再発した時も、「苦楽を想像し、寄添い、潤と生きる」姿勢を持ち続けました。「〇〇とともに」と書かないところが、いかにも夫らしいなぁ。二男と俺はマンツーマンだ、みたいな感じですか？

二男にとっての父親は、大きいけど細やかで、「希望で未来を明るくしてくれる（『僕のお父さん』の歌詞）」存在なのです。そんな大切な人の最期を、見て、知って、感じなければ取り返しがつきません。

夫の息が遠のいていくとき、二男は、その頭と体を支えている自分の手で「別れの意味」を掴んだと思いました。「別れには抗えないよ。お前はただ受け入れて、見送るしかないんだよ」と言う優しくて厳しい父の声を感じ取ったと、私は思っています。

夫があんなに大変な体で家に帰り、最期まで側にいてくれたのは、二男自身に心のトラウマを解決させようとしたからでしょうか？「アイツがしなくても良し、もしもしてくれたらどんな結果でもありがとう」と思いながら、それでもアイツがしたくなるような作業を、自分の最期の命を使って、こっそりと用意してくれたのでしょうか？

しばらく経ってから、「お父さんの介護ができて、別れができたので、僕はもう後戻りをしなくていい」と二男が話してくれました。四十九日を済ませると、一一月二一日のゴールドコンサート本戦（障がい者音楽最終コンテスト）に参加するために、東京国際フォーラムへ二人で向かいました。本戦に受かった曲は、夫と木を伐り間切った宮南（社の南側にある山）で出会ったムササビの曲です。お父さんと僕、それからムササビと僕とが、マンツーマンで山に居るような気がしたと、二男から教えてもらいました。

この頃は、鳥や虫や小動物、草木や花などを友にして、湧いてきたものが音楽になりました。「お前は空っぽにしたから、いっぱい入ってきた」と二男は夫から言われたそうです。そんな時の作業着だったオレンジのツナギを舞台衣装にして、素敵な舞台の素敵なピアノで弾き語りました。譜面台に父の写真を置いて……。

写真：安澤剛直

最終列車でやっと松阪まで帰ってきたとき、ホームのベンチにこの写真が入ったカバンを置き去りにして鈍行列車に乗り換えてしまいました。「お父さんに叱られる」とまた車で松阪駅へ迎えに行きました。（父「オイ、オイ、しっかりせぃ！」）

夫が居なくなっても今まで通りを合言葉にして、葬儀後から日常生活に戻すことを意識しました。二男は仕事のリズムを崩さないように、私は仏事や諸整理はあっても、心のリズムを壊さないようにしていたのですが、「卒哭」といって、そろそろ涙を卒業して日常に戻るという百か日の頃から、反対に二人とも日常が送れなくなっていきました。やりきれない気持ちが、ため息や愚痴や言い争いになって出てきました。

いっそ思い切り出した方がいいと、「寂しいなあ」「いややなあ」「なーんもしたくない」とグチり合い、ハデにケンカして、疲れた頃に最後の決めゼリフ「こんな時、そろそろお父さんが出て来るよなあ」を口に出します。

それから「お前らはトムとジェリーか。♪仲良くケンカしな」とか「元気でいいなあ。それはそうと〇〇は面白いぞ！」とか、夫がドアを開けて登場する際に言うセリフを、二人で思い出したり考えたりして打ち止めにします。この前は、二男がニヤニヤして言った「死せる孔明、生ける仲達を走らす」が、打ち止めのセリフになりました。うまいこと言うなあ……。

夫から「アホやな、日常ってもんは過去を取り戻すことやない。これから作っていくもんや。それにしても死んでも忙しい。度々呼ぶな」と言われそうです。

2 「カウントアップ」という意味

私は夫が亡くなる年の春に、初めて家出を実行しました。夫にも二男にも腹を立てて「四、五日実家へ行きます!」と言いおいて家出しましたが、深夜、姉に眠れないならと渡されたラジオから流れてきた朗読を聴いて、朝が来たら帰ろうと思いました。一日も経たずに帰ってきた私を見ても、二人とも驚きもせず昨日と同じみたいな顔をしています。私は夫に昨夜の短編小説を話しながら、急いでスマホで探し、二人でもう一度聴きました。『最後の親孝行』という題でした。

物語の終末で、父親は何を思ったのか家族の思い出のドングリを磨き始めます。そして余命宣告を受けて帰郷していた娘が明日帰るという日に、娘に向かって言います。「お前にはこれからだって嬉しいこと、楽しいことが山ほどある。一つ見つけたらこのドングリを一個、紐に通していけ!」と。

突然夫が「カウントアップや!!」と叫びました。私は「そうか! だから一緒に聞きたかったのか」と納得しました。夫も私もカウントダウンをしていたのです。夫は自分の限られた命を。私は、二男の新たな問題にどう対処するか分からないのに、一人残される先々の日を。

二男は就労で生じる難題にぶつかっていました。二男は「ドン・キホーテはお手上げだけど、ヒャッキンは何とか居られる」と面白いたとえ方をします。でもこれは、ヒャッキン規模だと全ての情報がキャッチできるという意味らしく、それはそれで困るのです。必要でない情報も全て入るということは、混乱し疲れるということですから。

そんな特性に持ち前の性格も手伝ってか、二男は仕事に就くとアレコレしようとしました。その場の状況や関わり、相手の思いなどを整理しきれない自分本位な状態でアレコレしても、当然仕事は機能せず、相手を困らせ、やんわりと否定されます。理由が飲み込めないので、さらに情報に左右される自分自身に振り回されます。

否定が重なるほどに自尊感情が低くなり、優しい二男の表情が険しくなっていきました。母としてはいちばん止めたいところ。イライラを私に訴える度に、原因になった認知や思考の小さなズレや歪みを分からせようとしてしまいました。私にも否定され、誰にも分かってもらえないという二男の心は、ますます荒みました。病気回復には最も悪い対応ですが、他の対応方法が分かりませんでした。

そんな対応を繰り返していたある日、夫が入ってきてくれたのです。「潤、お母さんが言うことは〇〇と違うか？」と。違った目線（第三者の視点）の問いかけでした。二男はスッと受け入れました。これがカウントアップをする対応方法だ!!

社会との関わりが少なかった初期段階では、夫婦がバラバラでも、二男の活動そのものをＹＥＳと捉え、丸ごと受け止めてきました。しかし第二段階の広がった社会では、

NOの発信も大切です。まず三人という最小の社会で、父母の温かいNOとYESを発信していけば、二男も次のような体験をするのではと思いました。夫にも入ってもらおうと思いました。

♥「自分の良かれと、父母（他人）の良かれとは違う。だから勝手にしたら相手は困るのだ」という実体験

♥「自他の食い違いが後で分かっても応用は難しい。失敗をしながら社会との折り合いを学ぶ」という実体験

三人で始めた小さな社会という関わりは、半年もありませんでした。けれども、最後まで生きることを諦めなかった夫のおかげで、二男は自分と他者・社会との折り合いをつけようと思い始めました。第二段階の問題に向かっています。

夫は日めくりを長年愛用しました。長期入院の後は「大変だ」と言いながら九〇枚ほどの日めくりを破っていたでしょうか。今まで気にも留めなかったのに、初めて夫のようにめくりたくなりました。日めくりは本来カウントダウンのものですが、破り捨てる紙の方は、なぜか今日の日をカウントアップしていくように思えたからです。

死を待つことから、家に帰ろうと頑張ってくれた病院の三五日間と、一緒に暮らしてくれた家での一週間に、私はいっぱいの「今日という贈りもの」をもらいました。こんな奇跡のような贈りものも添えて……。

家に帰って二日目の深夜に、夫は何かを訴えたくて紙に書きました。今回も一生懸命判読しても「め」以外は読めません。「書かれたことが殆ど分からなくなって……」と申し訳なさそうに言った看護師の顔が浮かびました。「何一つ応えられないんだなあ。この人は我慢ばかりして……」と思いながら、私は「め」だけ書いて夫に見せました。夫は右瞼を持ち上げて見てから、左目に手をやりました。「アッ!」

「め」は「目」でした。紐のようにずるずるつながった文字が五文字に分かれ「め・を・ふ・い・て（目を拭いて）」になりました。初めて夫の願いに応えることができました。嫌なことや苦しいことなど取り除いてほしいことがごまんとあるのに、夫の意に沿えたのはたった一つ、それもまぐれで……と思いながらもとても嬉しかったです。

キッチン仕事を急いで済ませ、再びむくんだ足のマッサージをしました。すると「冷たいな」と頭の方で声がしました。私に話しかけた！ この声だ！ 首を振って頷くと、「温めておいで」とまた話しかけてくれました。私は「うん、うん、お風呂行ってくるわ」と慌てて答えました。

私への一度きりの声の贈りものでした。

感じること

車に乗っても隣に居ない。「ただ今!」と言っても「オー」って返らない。キッチンの窓辺でチリリーンと風鈴が鳴ると、これを付けてくれた入院直前の夏の終わりを思い出す。お気に入りのベンチが今日も空っぽで、坂を登って帰ってきた私に笑いかけない。「ちょっと来い」と呼んで、ジョウビタキの可愛さや、沈む夕日の凄さや、雨上がりの露玉の輝きをもう見せてくれない。何処にも居ない。必要とされない。

百か日頃から感情を出すようにしたので、二男は少し前向きになりホッとしました。けれども私の中は空っぽで、おまけに足までくじいて歩けなくなり、ならばとことん引きこもって、夫が書き遺したものを読みました(まだまだ若い頃の小説等読めていません)。次第に私の行動は点になってしまいました。春になってようやく土筆みたいに顔を出してみましたが、やっぱり寂しいです。

二男が「七十二候」というお店で、初めて単独ライブをしました。開け放たれた窓外の桜舞う風景の中で、懐かしい人や二男が新しく知った人と音楽とが、溶け合っていました。私は夫の遺稿から見つけた詩『願ひ(い)』という世界に近づきたいと思い始めました。

願ひ

あなたは　そこにゐて
あなたのことをしてくれてゐる
それだけで　わたしはうれしい

あなたが　そこにゐて
わたしのことをしてくれてゐる
それが　わたしには倖せ

わたしは　今ここにゐて
わたしのことをしているが
わたしが　どこにもゐなくなって
わたしが何もしなくなっても

あなたは　そこにゐて
あなたのことをしてゐてほしい

（遺稿　二〇一九年一〇月一八日）

夫は長く死と向き合いながら生きてきました。本作りを始めた頃から、福岡伸一著『動的平衡』や、シェリー・ケーガンの講義をまとめた『「死」とは何か』を読み始めました。認知力の衰えで、後者の四〇〇ページ近い本を読み終えたのは、完成した本が送られてきた頃だったと思います。「分かった」と一言呟いたことを思い出しました。生きてほしいとばかり願っていた私は、夫の気持ちを受け止めもせず、「どんなことが分かったの？」と問い返しませんでした。

夫は、自分の体が順番に壊れていく絶望の中で、「『死』とは、こういうことなのだ」と生物学的に捉えたのではないでしょうか。いいえ絶望と思ったのは私で、夫は自然の流れと受け止めて「ここで死のう」と決めたのではないでしょうか。だとしたら本当にシンプルな覚悟だったと、今になって気づきます。そして、その覚悟を変えさせた覚悟が、「お前のわがままに、最後だから付き合ってやろう」という夫の気持ちだったのではないか、と思うのです。

会話ができるうちに「もういいよ。十分だよ。お互い生きるってシンドイねえ」と言い交わしたかったです。ごめんなさい。

「お〜い　お元気ですかぁ〜　そちらから何が見えますかぁ〜　夢も見てますかぁ〜」

草ひきに飽きて見あげたいただきに今日またまわる風の農場

山のてっぺんの風車が、今日も時計回りに進んだり反対に巻き戻したり、時々止まって休んだりします。私も一人に飽きてぼちぼちと、腰をトントン叩いてまた動き出します。

僕と夢

黄色いちょうちょが僕で　ピンクの蝶が夢

黄色いちょうちょは一歩一歩　ピンクの蝶に近づき
届きそう　重なりそうになると
ピンクの蝶は　不規則にはね飛ぶ

時計の秒針の先に黄色いちょうちょが
その秒針のほんの少し前に　ピンクの蝶
黄色いちょうちょは（秒針だから）規則的に進むのに
ピンクの蝶は　迫られてくる　捕まえられると思いきや
（仕掛けによって）パッと前へ飛ぶ
気を惹いて　ゆっくり飛んでいるかと思いきや
羽を合わせることもなく　飛び離れる

黄色いちょうちょが僕で　ピンクの蝶が夢
未来にある夢を　あきらめずに僕は時を刻む

（遺稿　二〇一七年一一月一七日　T歯科診察室のからくり時計と遊ぶ）

再KIDOW

潤が動く
私も動く
妻も動く

私は疲れる
妻も疲れる
潤も疲れる

私が休む
妻も休む
潤も休む

しかし

夢

夢見る少年の
夢と
夢見る若人の
夢と
夢見る老人の
夢と

みんな同じかなあ

みんなちがうよな

（遺稿　二〇一九年七月一日）

潤は
また動き出す

（遺稿　二〇一六年八月一七日）

空は、空……。

二男が故郷へ帰ってきて何もかもを捨てて空っぽになっていったとき、私は空を見上げては嘆いていました。嘆きを断ち切ろうと飛行機雲を見つめました。

そんなとき、夫は同じ空を見て、「空っぽは、いっぱい、いっぱいつめることができるぞ」と、傍らの二男に言ったそうです。私は最近まで知りませんでした。

夫の詩の中には「いいんだよ　そのままで　いいんだよ」と語りかける言葉がありますが、それは、いつも、いつも二男に伝え続けた、あなたの心の声だったのですね。

一一九ページの詩『いいんだよ』参照

終わりに

「これはとても終わりにならない、というより、いつも再発する物語だ!!」

そう思うようになってきた。肺腺癌の手術のために一か月かけて禁煙した。手術は無事済んだが、抗癌剤の副作用には耐えられず、治療を断念した。半年後に再発転移した時、これまで関わってくれた医師が緩和ケア病院への転院を提案した。医師は、完治せず治療にも耐えられないならば、生活の質を落とさずに生きることが賢明と判断されたのだろう。私は同意した。しかし同意したものの、医者に見放されたことから次第に死にとらわれていった。妻は動き出した。知人や遠藤医師を訪ね、今後の道を探った。私は、癌サロンで医師や看護師や当事者やその家族の方々と話すうちに、少しずつ自分の状況が分かってきた。治療を求めて今の病院へ通うようになった。

二年近くを経た去年の五月、禁煙が続くものだと思っていたのに、受動喫煙の場に行って手を出してしまった。妻には隠していたがすぐばれた。大きく叱られ、「私が行ってあなたの代役をするから、もう吸わないで」の懇願に、私は心から肯き「もう吸わない。代わりに行かせてすまん!」と答えた。その言葉が妻を裏切り、後に夫婦間の信頼関係を壊していくとは思っていなかった。

私は三度スリップした。最初の失敗は、精神科医の力も得て、抗癌剤治療を受ける決意でとどまった。二度目の九月も、治療を一休みして入院する形で絶つことができた。しかし三度目は違った。私は隠れて煙草を吸った。妻はそのつど見つけて取り上げた。私はすぐまた買った。「禁煙するくらいなら治療を辞める」とさえ言った。妻は手紙で「死に急がないでください。『二男と生きる』と強く望んだあなたの姿が、今は私には浮かんできません。まだまだあなたの力が、あの子には必要です。そして病と付き合いながら命を大切にしていくあなたの姿を、あの子や私の目に刻ませて……」と伝えてきた。だが私は辞めなかった。一一月から一二月、一月と、妻の心は疲弊し、枯渇し、立ち上がれなくなってしまった。

アルコールでは、今日(一月二二日)で一四〇四日間の断酒が続いているが、まだ四年も経っていない。禁煙は二年も続かなかった。こんな私が、妻や子を思いやることができるだろうか。むしろ言葉の暴力で蹴飛ばし、聞く耳持たぬ殿様に成り代わっているのではないか。妻は三下り半を突きつけることもできず、自分をも傷つける仕込み刀を杖にして日常を生きているのだ。

去年の五月には、私の元気なうちに本が仕上がることを願い妻は原稿に向かったのに、九月の入院中にも、私や息子の詩にどんな挿絵が合うか楽しそうに話したり、全体構想や出版社との進捗状況を嬉しそうに報告してくれたりしたのに、私の三度目のスリップでは、妻は最後の文が書けないと言った。本を仕上げる意味も二人で作るという希望も、妻は見失っていた。

仕事についたことで起きる様々な困難を妻に吐き出す息子の現状も、妻を悩ませている。私は妻の役に立ちたかった。生きている間に、認知症がひどくなる前に、まともな思いや考えを書き残し言動に結び付けたいと、これを書いた。

二〇二〇年一月二二日　俊郎

夫から渡されたこの手紙を読んで、私は救われました。

「とても終わりにならない」私たちの物語、「いつも再発する物語」という夫の言葉は、「終わりがないということは、いつでも区切りをつけて終われることだよ」と私に心の自由さを知らせてくれたようで、まずこの項を書いて、本を仕上げようと思えてきました。

そう思えてきたら、音楽を捨てた二男が再び取り戻したときに作った歌、『灰色の喜び』という題名が浮かんできました。黒でも白でもない灰色は、混沌とも曖昧ともとれますが、多様さ・面白さ・強さでもあり、どこまでも自由な色です。

私はとても辛かったとき、「大きなものに身を任せよう」と思うことで、フッと楽になれました。大きなものの正体は何か分かりませんでしたが、きっと『灰色の喜び』みたいなもの――それは人によって違い、その人にとって無数に感じ取れるもの、希望を潜ませるもの、求めず期待せずただ待ってくれるもの――そんなもののように私には感じられてきました。

三年程前、二男が歌うこの曲を初めて聴いたとき、夫が「たとえ叶わなくても『灰色の喜び』を見つけることが、アイツの生涯の希望だな」と私に言いました。私は天に向かう一本のあすなろを想いました。

二〇二〇年一月三一日　眞知子

昨年出版した単行本では、右のような二人の文章で最後を結びました。

もしもこの夫からの手紙がなかったら……と思うことがあります。私は本作りを諦めてしまったか、あきらめなくても完成を遅らせていました。

そうなれば、「生きているうちに本を作って息子へ贈る」という二人の夢は叶わなかったし、夫の安堵の表情も、本の匂いや感触や重みまで味わいながら読んでいる姿も、感想を寄せてくださった方に返信する楽しそうな顔も、私は見ることができませんでした。その後まもなくして、「とても終わりにならない」と書いたはずの夫が、あっというまに私たちの物語を閉じてしまったからです。

終わりが見えてきたかと思うとまた再発して、いつまでたっても終わらない。終わりたいのに終われないジレンマは、まさに私を苦しめていた感覚でした。そんな私が、「本当の終わりは死ぬ時だけ。人も自然の一部なら、命も意識も変わりゆくもの。変わりながら生きているから何かが起こり、それは止めようもない。そんなふうに考えたらいいのだ」と、やっと気付いてきたというのに……伝えられませんでした。

夫が二男に「いいんだよ」と言ってあげた様に、私も夫に「いいんだよ。終わりにならなくていいんだよ。生きているから、いいんだよ」って言えていたらなあ……。

夫は聞く・話す・書く機能を失ったので、この手紙が私への最後のメッセージになってしまいました。「妻の役に立ちたかった」なんて、格好いい言葉が残っていますね。「言動に結び付けたい」なんて、私の手紙を思い出して書き写してくれたことで、十分ですよ。

私の願いは、「二男をユーモアで導いてくれるのはあなたしかいないから、死に急がないで。『潤と生きる』と決めた自分自身を諦めないで！」だったのです。二男が社会と折り合うためのカケラ（小さなアイデア）に気付くまで、もう少しだけ、私と力を合わせてください。それが私にとって役に立つこと——励まし（エール）であり、喜びだった……。

そんなことを考えながら読み返していて、ハッと気が付きました。この手紙を渡してくれた日から亡くなる日まで、わずか八か月余りの間に、夫は感謝しきれないほど私の役に立っていてくれた、ということに。

「僕の苦楽を想像してくれた人」「僕に寄り添ってくれた人」「最期まで僕と生きてくれた人」の側で、二男の心は満たされ、辛い別れを物語れる（自分の中に落とし込める）ようになりました。大切な人を看取った経験や自信で、二男は一つ強くなりました。

「あなたは、私に伝えたかったことを、黙って実行してくれていたのですね」

今回の改訂版で加筆した四つ目の章『空（そら）は空（から）』を書き進めていると、ふと、夫の存在自体が私にとっての「大きなもの」のように見えてきました。希望を滲ませながら、多様な見方や感じ方を示してくれて、私が動き出すまで期待もせずに居てくれる、まさに『灰色の喜び』みたいな存在でした。

だから夫の不在は、今も私を居心地悪くしています。地下足袋はいて身ごしらえして、チェーンソーなどの道具を持って、いつものように「行ってくるよ」と山へ出かけて行った感じが残っているのですから。「わたしが　どこにもゐなくなって　わたしが何もしなくなっても　あなたは　そこにゐて　あなたのことをしてゐてほしい」（一七八ページ『願ひ』より）と言われても、居てくれたからできたのに……。

こんな文句を言いながら懐かしく寂しく想うとき、この本を開くとまた帰ってきたような気がします。言葉の向こうから、あの笑顔で、あの話しぶりと心持ちで、語りかけてきます。こちらのごちゃごちゃ話を聞いては「おおそうか、ぼちぼちやれよ」とか、「で、何が言いたいんや」とか返してきます。

「本を作ろう」と言って私を動かしてくれて、ありがとう。

「家に帰ろう」という最後のわがままに付き合ってくれて、ありがとう。

最後になりましたが、改訂版を作るに当たり新たな章を立ち上げて俊郎との別れの場を持たせてくださったことに感謝します。遅々として進まなかった加筆原稿を辛抱強く待っていただいた高市様、編集スタッフ様、ありがとうございました。

二〇二一年　八月

中村　眞知子

中村 俊郎

1950年、伊勢の度会の地に生まれる。大学卒業後35年間、教育現場や教員指導の場で勤める。退職後自分がやりたかった山の仕事を一人楽しむが、62歳からは「二男と生きよう」と決め、一緒に山に入り薪づくりをする。「分け入つても分け入つても青い山……山頭火」を求めて。「逃病せずに闘病しよう」と、癌再発後は田舎の物々や、詩など書き留めてきたものを整理する。「世話になった人や教え子たちを招いて、生前葬で語り合いたいなあ……」と言いながらも、急に体調をくずし、2020年10月6日に永眠。

中村 眞知子

1950年、伊賀の地に生まれる。同じ大学で出会い卒業後結婚し、津と度会で教職に33年間携わる。見よう見まねで始めた野菜作りだったが、二男の帰郷後は「三人の生活を豊かに」を心に、花や野菜や果樹の世話をする。今は、腰痛から畑作りを諦め、草もあまり引かなくなったが、代わりに65歳の誕生日に買った二胡を弾いている。「いつか息子と共演できるかなあ……」『なかむら夕陽日報』は、たまたま家にあったB4版スケッチブックを好きなように使って、鉛筆や色鉛筆で描き始めた。

中村 潤

1978年、度会の地で生まれる。高校時代に友と合わせる音楽の楽しさに目覚めた。大学卒業後ロサンゼルスに音楽留学し帰国後東京でバンドを組み全国を回ったが、病気を機に故郷へ戻る。この時捨てたはずの音楽を、障がい者が奏でる音の饗宴を聴き、再び楽器を手にするようになった。2020年、障がい者音楽コンテスト「ゴールドコンサート」で入賞。楽器店に短時間勤務を続けながら、病気とうまくつき合えるコツを見つけている。「僕の思考を、量販店から専門店にしよう……」と。

なかむら夕陽日報（ゆうひにっぽう）
文庫改訂版（ぶんこかいていばん）

2021年12月16日　第1刷発行

著　者　　中村俊郎・中村眞知子・中村潤
発行人　　久保田貴幸

発行元　　株式会社 幻冬舎メディアコンサルティング
〒151-0051　東京都渋谷区千駄ヶ谷4-9-7
電話　03-5411-6440（編集）

発売元　　株式会社 幻冬舎
〒151-0051　東京都渋谷区千駄ヶ谷4-9-7
電話　03-5411-6222（営業）

印刷・製本　中央精版印刷株式会社
装　丁　　立石愛

検印廃止

Printed in Japan
ISBN 978-4-344-93561-7 C0095
幻冬舎メディアコンサルティングＨＰ
http://www.gentosha-mc.com/